岩 波 文 庫

31-202-3

日 本 の 詩 歌

その骨組みと素肌

大 岡　信 著

岩 波 書 店

目　次

日本の詩歌

その骨組みと素肌

一　菅原道真　詩人にして政治家

あるいは日本の詩と漢詩の間に横たわる深淵

一

古代日本の詩歌について論じる場合、最も重要な、しかし忘れられている人物について語ることからこの五つの講義を始めます。その人とは、傑出した詩人であり、比類ない学者であり、国家の最高権力者の地位にまで昇りつめたのち、劇的に失脚し、追放の身となって流刑地で無念な死を迎えた古代日本最高の文人政治家、菅原(すがわらの)道真(みちざね)であります。

しかし、道真について直接語る前に、彼のような存在がどのような社会的、文化的環境の中で生まれたのか、先ずそれについてお話しします。

日本文明が中国文明の巨大な影響から相対的に独立し、日本独自の文明ならびに文化を意識的に創造しはじめた時代は、歴史上の呼び名では「平安時代」と呼ばれます。それはおよそ八世紀末から十二世紀末までの四百年間にわたります。特に前半約二世紀は、日本の全歴史を通じても、文学的に最も豊かな時代の一つを形成しました。詩人では菅原道真、紀貫之、和泉式部（女性）、散文では紫式部、清少納言（いずれも女性）たちが、この二百年の間にすばらしい作品を生み出しました。

とりわけ重要なのは、和泉式部、紫式部、清少納言その他の女性作家たちが実現した文学の黄金時代であります。彼女らは十世紀末から十一世紀初頭にかけ、同時代にいっせいに登場し、宮廷に仕える女官として、友人として、また強力なライヴァルとして生き、書き、自らはその達成した仕事の偉大さをあまり認識することもなく、多くは孤独な晩年と死を迎えた人々です。

しかし、彼女らの作品はその後一千年近い時間が経過した今でも、依然として、というよりはますます多くの、愛読者、崇拝者を持ち、あまつさえ、フランス語を含めて多くの言語に訳されてさえいます。ただし、日本では、彼女らの作品を原文のまますらすら読める読者はきわめて少なく、人々は何種類もの現代日本語訳を通じて『源氏物語』や『枕草子』に親しみ、また適切な解説書の手助けを得て、『和泉式部集』や『和泉式部日記』に親しんでいるのです。

というのも、日本では、十九世紀半ば過ぎのいわゆる明治維新、すなわち日本の開国、西欧化、そして近代化の時期を境に、文章を書く言語に大きな変化が生じ、現代日本人は、ある程度の組織的訓練なしには、古典語の文章をそのまま容易に読みこなすことはできなくなったからです。

しかしそれにしても、たとえば『源氏物語』の場合などは、現代の作家たちによるかなり自由な翻訳が何種類も出ているばかりでなく、絵本やストーリー漫画、またテレヴィジョン番組としてまで人気を博している有様で、もし原作者がいま甦って自分の物語の変貌ぶりを見たとしたら、決してそれを自分の書いた作品だとは認めないであろうとさえ思えるほどです。

このような天才的な女性作家たちが、ある時期、すなわち十世紀末から十一世紀前半にかけての時期に時を同じくして出現した理由は、いくつか考えられます。彼女らは例外なく教養豊かな中流貴族の家に生まれ、幼時から父親によって高度の教育をほどこされました。また彼女らは例外なく天皇の妃たち――重要な妃だけで一人の天皇につき数人いました――の身近に仕える女官として、宮廷社会の中枢部で日常生活を営んでおり、そのため当時の女性としては例外的に豊かな男性貴族たちとの接触があり、彼らに関する豊富な知識を持ち、ある場合には、詩人和泉式部のように、彼女ら自身の皇族や貴族との恋愛事件によって、きわめて有名になるような場合さえありました。

紫式部や清少納言のような散文作家の場合、彼女らの書いた小説やエッセーは、周囲の同僚女官たちの間で評判になるばかりか、天皇の妃たちにも好奇心と期待をもって読まれ、男性たちもまた高い敬意をはらうのが当然でありましたから、おのずと好敵手の関係にもなり、いやが上にも高度な文学的競争が宮廷の中でくり広げられることになったのでした。その結果、紫式部は『源氏物語』、清少納言は『枕草子』という、今では人類全体の古典として遇されている作品を、自分ではそれと知らずに書きあげることもできたのです。

また和泉式部は、恋愛詩人として真に天才的な作品を残した人です。彼女は短い詩である和歌の中で、同時代のいかなる男女の詩人も歌えなかったような、深い哀愁と哲学的人間観察をたたえた作品を数々つくりました。

彼女らの文学的達成を考える上で見落としてはならない一つの重要な条件があり

ます。

それは、日本の知識階級が当時ものを書く際に用いていた文字の問題です。当時、宮廷に仕える男性の官僚たち、すなわち知識階級の代表者たちは、文書を書く時には中国伝来の漢字を用い、文章のスタイルも、彼らの話す言葉とは一致しない中国式の文章、すなわち漢文を書くことをもって当然と考えていました。従って、中国式の文章をみごとに書けるかどうかは、その人物が有能で優秀な官僚であるかどうかの決め手でもありました。彼らのうち最もすぐれた文章の書き手は、法律にも経済にも外交にも内政にも歴史にも、そしてさらに驚くべきことに、文学にさえ通じている人でなければなりませんでした。菅原道真は、まさにそのような、極端に稀な存在として、今のべた女性たちよりも一世紀前に出現した偉大な秀才であり、あまつさえ、自らきわめてすぐれた詩人でもあった人なのです。

男性が中国の文字そのものを用い、中国風の文章や詩を書いていたことはすでに言いました。理解を容易にするために、ここではフランスの場合について少し考えてみます。フランスにおいても、ほぼ日本と同時代に、ラテン語、ロマンス語を経てフランス語が形成されてゆくという歴史過程がありました。最初期のフランス語による文学作品として誰もが知っている「武勲詩（ぶくんし）」Chanson de geste が出現するのは、十一世紀後半です。つまり紫式部の『源氏物語』と同じ世紀に、『源氏物語』よりやや遅れて現れたのでした。

それ以前は、言うまでもなくラテン語が知識階級の用いる公的な言語であり、文字だったのです。ちょうど日本において漢文がそうであったように。

ところが、日本の場合に特別な事件が生じたのは、ラテン語からフランス語が派生してくるのと同様な過程が、同じ日本語同士のあいだで生じたのでした。すなわち、男の使う文字から女の使う文字が派生してきたのです。漢字から、仮名文字が生まれました。しかも二種類の仮名文字で、これを平仮名〈ヒラカナ〉および片仮名〈カタカナ〉と呼びます。

ヒラカナは、それと同じ音を表わす漢字をとりあげ、その形態を丸ごと極度に単純化した結果得られる文字記号です。カタカナは、それと同じ音を表わす漢字をとりあげ、その漢字全体ではなく、漢字の一部分だけを切離して独立させた文字記号です。

漢字は元来、一字だけで音と意味を表わします。時には一字で実に豊富多様な意味を表わします。ところが、今説明したように、ヒラカナもカタカナも、それ一字では何の意味も表わさず、純粋に音節(シラブル)を表現するだけです。つまり西洋語におけるアルファベットに似たものが、仮名文字なのです。

この仮名文字の発明は、全世界の「発明」の歴史の中でも十分第一級にランクしうるほどのものだったと思いますが、ヒラカナ、カタカナいずれも平安時代の初期、九世紀の初めごろに発明され、普及しはじめたようです。

そして、特にヒラカナが、曲線を主体とする形態の独特な美しさのゆえもあってでしょう、女性たちの文字となったのです。そのためヒラカナは別名「女手(おんなで)」と呼ばれました。「女の書いたもの」「女の筆跡」という意味です。漢字に較べれば機能において劣っていると思われたこの筆書記号は、やがて全く新しい性能を示しはじめました。日本語の話し言葉を写しとる上で、文章語である漢字よりもずっと優れていることを実証しはじめたからです。

日本の詩(和歌)は元来朗誦と切離せないものでしたから、平仮名の発明は和歌を書きしるす上で絶大な力を発揮しました。朗誦される歌を忠実に筆記することができたからです。しかも、和歌なしには男女間の恋愛も成り立たないほどに、愛情の表現にとって不可欠な手段だったのが和歌というものでしたから、男もまた、いやおうなしにこの仮名文字に習熟しなければならなくなりました。

こうして、平仮名、また同じく表音文字として男性の世界で大いに重んじられはじめた片仮名は日本人の文字として不可欠なものとなってゆき、それにともなって、平安時代の文学の黄金時代が到来したのです。すなわち和歌における『古今和歌集』の成立が十世紀初頭の一大事件であり、散文においても『栄花物語』などが十一世紀に相次いで成立しました。『源氏物語』も『枕草子』も作者は女性です。そして歴史物語として一級の重要性をもっている『栄花物語』の場合も、作者は確定してはいませんが、最も有力視されているのは、何とこれまた高い知性の持主だった女官の赤染衛門なのです。

古今の和歌の名作詞華集たる『古今和歌集』では、指導的立場にいた歌人たちはほとんどすべて男性でした。しかしここでも、私たちは女性文化の影響がいかに強く浸みわたっていたかを随所に見ることができるのです。

つまり、仮名文字の発明と女性の文学的躍進ということは、平安時代という時代の一大特徴でありました。

二

道真は、今私がのべた女性文化黄金時代、そしてその強大な推進力となった仮名文字が普及する時代のまさに直前、すなわち日本の宮廷および貴族社会がなお中国文化の圧倒的な影響のもとにあった平安時代初期における最大の詩人であり、儒教にも仏教にも通じた最高の学者であり、有能な外交官から出発して最後には政府の最高の地位である右大臣にまで昇進した政治家でもありました。

彼を詩人という時には、和歌、すなわち日本人固有の言葉であるヤマトコトバで書かれた「和歌」の詩人という意味ではなく、中国の文字、すなわち漢字を用い、中国の詩の形式を忠実に守って書く「漢詩」の詩人、という意味であります。もちろん道真は和歌をも作りました。しかし現在残っている彼の和歌のうち、はたしてどれほどの量の和歌が彼自身の作であるかについては、不明としか言いようがなかろうと私は思っています。彼の政治的没落と悲惨な死、死後の名声の劇的な復活によって、彼の和歌と称する贋作の和歌が、たくさん作られた可能性を思うからです。道真はあくまでも日本最大の漢詩人でありました。そして、まことに幸運なことに、彼の漢詩は、ほとんど完全な全詩集が残っていて、私たちはそれを現在では活字の普及版によって、きわめて精細な注釈つきで読むことができるのです。

都から遠く離れた西の果て、九州の大宰府で、流刑者として五十九歳で死んだ菅原道真という人物は、いったいどんな人物だったのか。きわめて簡単に彼の略歴をお話ししようと思います。

菅原道真は西暦八四五年に生まれ、九〇三年に死にました。祖父、父、道真と、三代にわたる儒学の大学者の家であり、また彼の孫の文時(ふみとき)もきわめて有名な漢詩人でした。

道真は十一歳の時作った詩で父の是善を驚かせたといわれます。この才能は、やがて若き外交官として、当時日本と盛んに交流していた渤海国の大使を京都で接待するに当り、相手の大使からその詩才を賞賛されるほどになります。渤海は七世紀末から十世紀にかけて中国の東北部に興隆した国で、その文化は唐の文化にそっくりであり、大使は同時に詩人でもあったため、道真の才能をただちに認め賞賛することができたのです。

道真は三十二歳で早くも文学博士(文章博士)となり、前途洋々の学者官僚として宮廷生活を満喫していました。しかし反面、嫉妬羨望の対象となったのも当然でした。それでも都で順調な出世をすることは確実と思われていたこの優秀な官僚は、四十一歳の時、まったく予想もしていなかった人事により、都からは遥か遠い島四国にある讃岐の県知事を命じられ、失意のうちに四年間をこの田舎の海辺で過ごしたのでした。

この出来事は、しかし彼にとっては大きな人間的成長をもたらすものでした。彼は四国ではじめて庶民の生活に接触し、民衆が貧苦にひしがれて生活している実態を知りました。そのことは、彼の詩にきわめて興味深い展開をもたらしました。彼の詩には、宮廷の環境では決して出会うことがなかったような主題が次々に現れ、同時に、彼が官僚社会の腐敗に目ざめてゆく過程もはっきり見てとられます。

讃岐から京都に帰った道真は、ある政治的な難問の解決に力を発揮したことがきっかけで、宇多(うだ)天皇の厚い信頼を受けるようになります。これはある意味で彼にとっての運命的な出会いでした。

当時政界で他に比肩する者のないほど強い権力を持っていたのは藤原家でした。天皇は、有力ないくつかの藤原家の貴族たちと婚姻関係を通じて結ばれ、いわばこの外戚(母方の親戚)に対しては傀儡の位置に立たされる場合がほとんどだったのです。

しかし、道真が仕えた宇多天皇は、そのような藤原家の強大な権力を押さえて政治を刷新することを志し、そのために道真を重用したのです。彼の官界での地位はめざましい勢いで昇進しました。当然、藤原家からの警戒の眼はいちじるしく強まります。同僚の嫉妬、不協力も極度にはげしくなります。あまつさえ、道真の娘の一人は宇多天皇の後宮の一人となり、別の娘は皇子斉世親王の妃とさえなります。こうして彼は、増大する敵の存在に強い不安を感じながらも、政界の最高の地位である右大臣にまで上りつめます。彼と並ぶ地位にいたのは、藤原家の中でも最も有力な家の出身である左大臣の藤原時平だけでした。時平は道真より二十六歳も若く、天皇から左大臣に任ぜられた時はまだ二十八歳の若さでした。同じ時に右大臣に任ぜられた道真は、すでに五十四歳になっていました。いかに藤原家が政界で巨大な勢力を持っていたかを示しています。

それは言いかえれば、道真がいかに孤独な立場に立たされていたかをも意味するものでした。元来、彼は宇多天皇の信頼と庇護によってのみ、強大な藤原家一門の勢力に対抗して政界の重要人物としての権威を保ち得たのです。その運命は、まさに風前の灯火といっても過言ではないのでした。本来政治の家の出身ではなく、さして裕福でもない学者の出身で、政界の最高位にまで昇った人物は、約一世紀半前に吉備真備がいただけです。

一方、宇多天皇は、帝王の気楽さから、菅原道真を最後まで後援することはせず、自分自身は中途で面倒な政治の表舞台から退いてしまいました。彼は長男の皇太子に譲位し、自らは上皇として、天皇の背後にあって実質的に政治を動かす道を選びました。新帝の醍醐（だいご）天皇は、即位した時わずか十二歳の少年でした。父親の宇多上皇でさえ、まだ三十歳の若さだったのです。彼は六十四歳で死去するまで、三十四年間にわたって、退位した元天皇の優雅な生活を楽しみます。平安時代の文化の花が咲き誇るのもこの時代でした。実際、宇多、醍醐両帝の時代は、寛平（かんぴょう）、延喜（えんぎ）という、日本の古典文化の高揚期にほかなりませんでした。なぜなら、ほかならぬわれらの主人公菅原道真が、そしてまた『古今和歌集』が、漢詩と和歌という二種類の詩型の最も代表的な成果を、この時代に相次いで示したからです。

　少年天皇醍醐は、最初父帝宇多に命じられた通り、菅原道真をきわめて重んじました。道真の詩に多大の尊敬と憧れをいだいてもいたのです。道真が藤原家の若き頭領時平の左大臣任命と同時に右大臣に任命されたのは、醍醐天皇即位の二年後でした。つまり、その時期にはまだ宇多帝の遠隔操縦も順調に機能し、道真自身は多くの心理的困難をかかえながらも、なお政界最高位者としての重責をはたし得ていたのです。

しかし、そのこと自体が道真を一歩一歩破滅の淵に引きずっていきました。彼の存在が重きを増せば増すほど、藤原家一門にとっては道真の危険性は増しました。時平をはじめとする藤原家の有力者、および道真に反感をいだく学者たちは、かれの失脚をねらって、醍醐天皇に対し道真が恐るべき陰謀をたくらんでいると告げます。その陰謀とは、彼が醍醐天皇を退位させ、代りに彼の娘の夫である天皇の弟斉世親王を立てようとしているというものでした。

十六歳の天皇にとって、ひそかに囁かれたこの陰謀説がどれほど衝撃的だったか、容易に想像できます。道真は突如右大臣の地位を奪われ、大宰権帥（だざいのごんのそち）という、まったく話にもならないほどの地位に落とされ、あっというまに都を追放されます。大宰権帥とは、大宰府の副長官という意味ですが、多くの場合中央政府の高官が左遷される時の名目的な役職名にすぎず、道真の場合もまさにそれでした。そして大宰府とはどこにあるのかといえば、日本列島の西端、九州の北部にあった都であり、アジア大陸の中国や朝鮮に対する軍事的な防衛拠点として設置されていた、中央政府の出先機関のようなものでありました。

道真はこの西のはずれの城砦都市で、幽閉者の生活を二年間続けたのち、この地で悶々たる思いのうちに死にました。彼がここで書いた詩は、無実の罪に陥れられた無念の思いを切々と訴える、まさに血涙をしぼった慟哭の詩であり、その数々の詩によって、詩人菅原道真は真に偉大な詩人となったのでした。

彼が追放された時、彼の家族はむざんに引き裂かれました。妻と年長の娘は京都の家に残されましたが、長男は土佐に、二男は駿河に、三男は飛騨に、四男は播磨にと、それぞれきわめてかけ離れた土地に追放され、道真自身は幼い男子と女子の二人を連れて、惨憺たる西国への旅路についたのでした。すなわち一家は一時に六ヵ所へ引き裂かれてしまったのです。幼い二人の子供は、たぶん九州の地でまもなく栄養失調のために死んでしまったことでしょう。道真自身も体は丈夫ではありませんでした。憤怒と絶望に加えて、体のいちじるしい衰えによって、彼は死んだのでした。

けれども、事は道真の死によっては終りませんでした。彼の霊魂は、その後長い間にわたって、怨霊となって彼の追放に関わった人々に祟りをなしたからです。追放に最も大きな役割を果たした藤原時平は、わずか三十八歳で没し、その死は道真の霊の復讐だと信じられました。宮中の最も重要な建物清涼殿（せいりょうでん）には落雷し、道真追放のため暗躍した廷臣たちを殺傷しました。ついには、醍醐天皇が没したあと、天皇は地獄に堕ちたと人々のあいだで噂が広まりさえしました。すなわち、道真は天の雷神となって復讐しはじめたと信じられたのです。このため、怨霊を鎮める目的で、死後二十年すると、彼は再び元の地位に戻され、さらに一世紀近く後には神として祀られました。現在では彼は「天神さま」として日本各地に祀られています。彼は比類ない業績をもつ学者だったので、多くの大学や高校の受験生たちにとっては、合格を祈願する神となっており、各地の天神を祀る神社は、今でも受験シーズンになると生徒たちやその親たちで賑わうのです。

　その意味では彼は普通きわめて知的な頭脳の持主と考えられています。彼が本来きわめてすぐれた詩人であったことは、多くの日本人にさえ、忘れ去られているのです。その理由は、彼が書いた詩作品が、ごく一部の人を除けばほとんど読解できないとさえ言っていい「漢文」で書かれた「漢詩」だったからです。

これに対し、彼よりも一世代後に出現した紀貫之をはじめとする新しい世代の詩人たちは、仮名文字を用い、日本の話し言葉である大和言葉によって「和歌」を書きました。わずか一世代の違いですが、この書法の劇的な変化によって、紀貫之が中心となって作ったアントロジー『古今和歌集』は、その後十世紀近くにわたって日本の詩歌史の最も重要な詩選集となり、一方菅原道真の名は、悲劇の学者・政治家、そして天神様という死後の神として有名となり、歌舞伎でも彼に関係ある演目は「菅原伝授手習鑑（すがわらでんじゅてならいかがみ）」をはじめ、「菅原物」というきわめて豊富な一連の作品を生ませているにもかかわらず、詩人としては、長いあいだ、その真価が認められずに来たのでした。このことはまったく残念なことであるばかりか、理不尽でさえあります。私が数年前『詩人・菅原道真』という本を刊行して彼の詩人としての偉大さを力説したのもそのためでした。

私はこの講義で、紀貫之についても語り、併せて『古今和歌集』をはじめとする勅撰和歌集の美学についてお話しするつもりですが、ここで菅原道真との関連において申しあげるなら、漢詩と和歌との間には、きわめて本質的な相違がありました。道真は、言葉においても文字においても、中国伝来の表現手段を用い、可能な限り中国の詩と共通の要素で成り立っている詩を書こうとしました。そしてそれに成功しました。彼の詩は、たとえば李白や杜甫や白居易のような中国唐代の大詩人たちに読ませても、彼らに微笑をもって迎え入れられたであろうような、内容と表現方法における普遍性を持っていました。

すなわち、道真の詩、特に讃岐時代の詩や九州大宰府への追放時代の詩は、喜びや哀しみ、怒りや苦しみの表現において、常に具体的に原因と結果を明示する書き方をしており、主体である詩人自身の立場は明確であり、社会的事象に対する彼の反応も明確に表現されています。官僚社会内部での贈収賄その他の不正、学者社会での嫉妬羨望とその中で毅然たる態度をとり続ける心構え、あるいはまた、公的な儀式におけるはなやかなさまざまの行事、とりわけ美しく優雅な舞姫たちの、心を蕩かすような舞姿や、しどけないその挙措動作、また庶民階級の置かれている貧困や病苦の詳細な描写、さらには彼自身の日常生活のさまざまな局面、その孤独、また自分の子供の死に関するきわめて感動的な詩など、私たちは道真の詩を読むことによって、この千年以上前に生きていた大学者詩人の生活の実態を、その精神の劇まで含めて詳細に追いかけることができます。

これが中国の詩法では当然の、詩というもののあり方でした。すなわちそれは、社会に対して自己主張することをもって当然とする詩です。主体と客体との区別・対比がはじめから明確に存在している詩です。

しかし、日本の和歌は、これに較べた場合、多くの点で驚くほど異質な詩でした。それは第一にきわめて短い形式です。和歌の最も基本的な形式は、五つの部分に分れた全体でわずか三十一シラブルの「短歌」であり、十六世紀以後はさらに短いわずか十七シラブルの「俳句」が、和歌の世界に加わり、二つの形式とも、現在に至ってなお大流行しているのです。

短いということは、必然的に、和歌の形で具体的な論述をすることはきわめて困難だということを意味します。和歌の表現は、暗示と極端に少ない量の情報によって成り立っています。そこに存在するのは、具体的な事物や事件の精細な描写ではなく、それらと出会った時の、作者の感動の簡潔な表現です。具体的な事実への言及は、感動の表現にとって必要な範囲で最小限に行われるだけです。それ以上こまかな描写に立ち入った場合は、よほど巧みな作者の作品でない限り、低俗で散文的なものとして排斥されるでしょう。

このような事実から明らかなように、和歌では主体が自己主張し、社会や環境に対して具体的に関与してゆく姿が歌われることは、もし仮にあったとしても、きわめて少ないのです。主語さえも省略されるのが普通のことです。従って、主体と客体は、「対比」ではなく、逆に「融合」という様相においてとらえられることが、和歌では多いのです。

現代では、一つの主題をめぐって十首も二十首も短歌を連ねて詠む方法が一般化しています。この「連作」と名づけられる方法は、今のべたような和歌の本質的な寡黙性に対する一つの修正の方法であり、そのようにすれば具体的に事実を描写し、論述し、その上で自分の判断をのべることもできるわけですが、このような方法が生じてくること自体、和歌が、一首だけとって見れば、きわめて少量の具体的描写しかしないものであり、微妙繊細な感情のゆらぎを、すばやく収穫することによってこそ成立している詩であることを、物語っています。

和歌のこうした限界を押しひろげるもう一つの方法は、複数の詩人たちが一つ、また一つと、短い詩句を連鎖状に連ねていって、一篇の長い詩を共同で制作することです。これは「連歌(れんが)」あるいは「連句」、最近ではさらに新しい制作方法も案出されて「連詩」などと呼ばれているものです。これはヨーロッパでも最近新しいタイプの共同制作の詩として関心を持たれはじめているもので、これも和歌が一首だけではきわめてわずかな内容しか語れないことから派生した、別の展開の一方法であるといえるでしょう。

総じて言えば、漢詩が作者の「自己主張」を当然の条件とするのに対し、和歌はむしろ、作者の「自己消去」をごく自然に招き寄せる詩だとさえ言えるのです。「自己消去」、しかしそれによって詩人は何を求めるのか？　詩人は自己を主張する代りに、たとえば彼を取り巻く自然環境の中に進んで融けこんでゆき、そのことによって「自我」を超越した「自然」と一体化しようとするのだと言えるでしょう。

また、私がこの講義で話そうと思う古典和歌の世界では、詩人たちの属する社会自体、きわめて強固な秩序によって統制され、美意識も趣味もみな共通の基盤の上に成り立っていましたから、「自我」の自己主張は、当然きわめて困難だったのです。

平安時代という四百年も続いた時代は、概括して言えば藤原家という一大豪族の支配下にあった時代であり、他の氏族出身者はもちろん、藤原家一門の者でも、突飛な行動や表現は容易に許容されないような、その意味では「同質社会」というべき社会でした。そこにもまた、詩的表現における自己主張の乏しさの原因がありました。

ただし、この問題を男性詩人と女性詩人とに分けて考えて見るならば、少なくとも詩として表現された限りにおいては、女性詩人の方がむしろ同質的な美学の範疇からはみ出した表現をしている人が多かったように思われるのは、興味深いことです。それは、女性の方が男性よりも社会機構によって束縛される度合いが少なく、そのため世間体や地位による制約をそれほど気にする必要がなかったこと、また彼女らの主たる関心事が、恋愛、結婚、それに伴って生じる自分の生活の大きな変化といった、極めてプライヴェートな側面にあり、それゆえ和歌のごとき短い詩の中で、より純粋に喜怒哀楽や、深い孤独感を表現できたことによるものだろうと思われます。すなわち、感情世界の表現に力点を置いて見る限り、和歌という詩の中では、女性の方が男性よりも、むしろ強力な表現者でありうる場合があったのです。

そういう問題については、あらためて何人かの一流女性詩人をとりあげるさいに論じようと思いますが、日本の詩、すなわち和歌というものにおいて、女性の果たした役割がきわめて大きかったのは、そのような理由からも来ていることを、ここでまず申しあげておこうと思います。もし和歌の歴史から女性作者たちを除外したなら、和歌史はいわば心臓を除外して人体を論じるにも等しいことになるでしょう。

こういう事実は、たとえば中国の詩の歴史においても、ヨーロッパ文明諸国の詩の歴史においても、ほとんど見られないと言っていいことであり、ここに日本の詩伝統の大きな特性の一つがあると言っていいのです。

三

これから、菅原道真の作品について、ごく簡単に紹介したいと思います。この紹介によって、日本の詩が一千年以上前に達していた、ある高度な表現世界について、わずかでも知って頂けたら嬉しいと思います。

実をいえば、日本の読者でも、菅原道真がどんな詩を書いていたか、多少なりとも知っている人は、極めて少ないのです。道真は恐ろしい復讐の霊魂、さもなければ受験生の神様としてのみ有名であり、私はそれをはなはだ残念に思っています。

最初にとりあげる詩は、親友であり、学問の上では道真の弟子であった紀長谷雄(きのはせお)に贈った詩です。これには短い序文があって、同時代の学者たちの堕落ぶりを痛罵し、次のようにのべています。

「最近の学者たちの振舞いを見ると、あるいは公けの場で、あるいは内輪の集りで、大いに論議をしてはいるものの、学問の根本義がいかなるものであるかについての考えがぐらぐらしているから、彼らの言っていることはばかとしか言いようがない。そのほかの連中ときたら、ひたすら酒だ女だと狂態を尽し、互いに罵倒し辱かしめ、相手を引きずりおろすことに熱中するだけである。そこでこの詩を作り、詩を詠むことを君に勧める。」

　こうして次の詩が紀長谷雄に贈られるのです。

風情斷織璧池波
更怪通儒四面多
問事人嫌心轉石
論經世貴口懸河
應醒月下徒沈醉
擬嘌花前獨放歌
他日不愁詩興少
甚深王澤復如何

風情斷織す　璧池の波
更に怪しぶ　通儒の四面に多きことを
事を問ひては　人は心に石を轉すがごとけむかと嫌はる
經を論ひては　世は口に河を懸くるがごときことを貴ぶ
月の下にして徒に沈醉することより醒むべし
花の前にして獨り放歌することを嘌まむと擬す
他日愁へず　詩興の少からむことを
甚深の王澤　復如何とかせむとする

学の世界に波は絶えぬ　堅かるべき意志もずたずた
しかも何ぞや　あたり一面　大学者さまでいっぱいだ
一旦事が生ずれば　この連中　心の中はごろごろ転がる石だけかと疑われるば
　かり
教典を論じるとなれば　世間というやつ　ぺらぺらまくしたてる人間ばかり
　有難がる
月をいただき空しく酔いに沈むことから目を醒ませ
花を前に勝手に放歌高吟する口を閉ざせ
心配はいらぬ　後日君に詩興が衰えることはあるまい
天子の恵みは甚だ深く広いのだから

この詩の最終行は、道真自身が優秀な官僚だったことを思い出させます。彼は紀長谷雄に対して、学問に専念し、すぐれた詩才を示せば、必ずや天皇の恩恵があるだろうと激励しているのです。

この詩の中で道真が書いている内容は、もちろん和歌的な抒情詩では決して詠むことのできないものでした。ここにあるのは、対象である俗悪な学者たちに対する厳しい批評です。そして、自分を彼らから区別し、自分の信念を主張しようとする明確な意志です。漢詩という形式を用いて書く以上、そのようにするのが当然であり、また漢詩によってでなければそれは不可能でした。和歌の短い詩型ではこれが不可能だったのです。

さて、次の詩は道真のまったく別の側面を示すでしょう。宮中で早春に行われた盛大な宴会で踊る舞姫たちの、なよなよとした妖艶な美しさと媚態を詠じています。

紈質何爲不勝衣　紈(しらぎぬ)なす質(かたち)の何爲(なにせ)むとてぞ衣(ころも)に勝(た)へざる

謾言春色満腰圍　謾(いつは)りて言(い)へらく　春(はる)の色(いろ)の腰(こし)の圍(めぐ)りに満(み)てりと

殘粧自嬾開珠匣　殘粧(ざんしやう)自(おのづか)らに珠匣(しゆかふ)を開(ひら)くにすら嬾(ものう)し

寸歩還愁出粉闈　寸歩(すんぽ)　還(かへ)りて粉闈(ふんゐ)を出(い)でむことをだに愁(うれ)ふ

嬌眼曾波風欲亂
舞身廻雪霽猶飛
花間日暮笙歌斷
遙望微雲洞裏歸

嬌びたる眼は波を曾ねて風亂れむとす
舞へる身は雪を廻して霽れてもなほし飛べり
花の間に日暮れて笙の歌斷えぬ
遙に微なる雲を望みて洞の裏に歸る

舞姫の白絹の肌はなぜ衣の重さにさえ堪えがたいように見えるのだろう
「春の色が私の腰のまわりに満ちているのですもの」と舞姫は見え透いた嘘を
　言う
化粧もくずれかけ　小物をしまう珠の手箱を手で開けるさえ物憂い
わずかな距離しかない宿舎でも　門を出て帰ってゆくのは悲しい気分
媚を含んだまなこは　風に乱れて次々に立つ波のよう
軽やかな身のこなしはさながら舞う雪　晴れていてもひらひらと飛ぶ
花の間に日は落ち　笙の音も絶え
舞姫たちは遥かな山にかかる薄雲を遠く眺めて　彼女らの奥深いすみかに帰る

得意満面の少壮官僚菅原道真が、宮廷生活の美と頽廃を満喫している姿がここにありました。

しかし彼はこういう詩を書いた後、讃岐の国の知事として地方に四年暮らさねばならなくなります。順調な出世のコースに、思いがけず暗雲が漂う思いだったろうことは、想像に難くありません。彼は憂愁と孤独を多くの詩の中で歌っています。しかし、それだけではありませんでした。彼は生まれてはじめて、庶民の生活の苦難に満ちた実態に触れ、その見聞を詩の中に書きとどめます。学問の喜びや苦しみ、宮廷の生活のデカダンスと美を歌っていた詩人に、新しい現実的な素材が与えられました。

それらの詩の代表的なひとつに、「寒早十首」と題する十篇の詩の連作があります。「寒早」という題の意味は、十篇の詩のすべてにおいて、第一行目に「何れの人にか寒気早き」(どんな人に寒気はまず身にこたえるか)という詩句があるためです。つまり、冬がやってきたとき、一体どんな人々が真先にきびしい寒さによって苦難のどん底に落とされるかということを、十種類の職業や境遇の人々に分けて詠んでいるのです。

何人寒氣早
寒早走還人
案戸無新口
尋名占舊身
地毛郷土瘠
天骨去來貧
不以慈悲繫
浮逃定可頻

何れの人にか　寒氣早き
寒は早し　走り還る人
戸を案じても　新口無し
名を尋ねては　舊身を占ふ
地毛　郷土瘠せたり
天骨　去來貧し
慈悲を以て繫がざれば
浮逃　定めて頻ならむ

どんな人に寒気はまず身にこたえるか
寒気は早い　逃亡先の他国から突き戻されて還った浮浪者に

戸籍を調べ直しても　そんな新規の舞戻りの人間の名など見当らない
名をたずねては　どこの出身の人間なのか推量する
土地は瘠せて　実りは乏しい
右往左往の暮らしのため　骨も貧弱
慈悲ある政治でつなぎとめねば
浮浪逃散　さだめし頻りであろう

ここで歌われているのは、租税や強制労働などでとてもまともな暮らしが営めず、他国へ逃亡していた人間が、よそでも安住の地を見出せず、せっぱつまって再び故郷へ舞戻ってきたという状況です。戸籍を調べてももはやその男の名も見出せず、男は完全に浮浪者になる以外にないのです。

何人寒氣早　　何(いづ)れの人(ひと)にか　寒氣(かんき)早(はや)き
寒早藥圃人　　寒(かん)は早(はや)し　藥圃(やくほ)の人(ひと)

辨種君臣性
充傜賦役身
雖知時至採
不療病來貧
一草分銖缺
難勝箠決頻

種を辨ず　君臣の性
傜に充つ　賦役の身
時至らば　採ることを知れども
病ひ來りて　貧しきことを療さず
一草　分銖をだに缺かば
箠決の頻なるに勝へ難からむ

どんな人に寒気はまず身にこたえるか
寒気は早い　薬草園の園丁に
かずかずの薬草を　高貴薬　また普通の薬に弁別するのが役目
いずれにせよ租税の義務がある身ゆえ　この労働をもって税に代える
時が来れば　薬草採りはてきぱきとやる
だが自ら病魔に冒され貧に落ちても　薬草は癒しちゃくれない
わずか一本　ほんの一分一厘が欠けていても

鞭打ちの刑は苛烈をきわめる

高貴薬を栽培している薬草園で働いている労働者は、どんな重病にかかっても、自分の手中にある薬草一本自由にしてはならないのです。

「寒早十首」はこの他に、他国から讃岐に潜入する浮浪者、妻に先立たれ、子供をかかえて途方にくれている老人、両親を失った孤児、冬になっても単衣ものの衣服で駅から駅へ輸送の仕事に従事する馬丁、同じく海上で輸送の仕事に従事する水夫、いつ釣れるかわからない魚を釣って租税を払おうとしている漁師、四国の海岸の有名な産業だった製塩業に従事している塩売り、木樵といった、いずれも真先に冬の寒気が身にこたえるであろう人々を歌っています。

ここで注目すべきことは、ここで詠まれている人々のほとんどすべてが、重税にあえぐ貧しい人々として描かれていることです。道真は、まさにその税を取立てる側の代表者だったのですから、これらの詩は彼にとっては讃岐で見出した現実がいかに強い衝撃だったかをおのずと物語っているといっていいでしょう。第一、以上十種類の貧しい人々のすべてにわたって、その生活の実態を広く見渡すなどということは、彼のように高い地位にいる役人でなければ不可能でした。しかし、高い地位にいる役人は、原理的に言って、ほとんどまったく、それら貧しい階級への同情・共感は持ち得ない人々でした。菅原道真はその意味で、ほとんど類例を見出せない役人であり、そしてまた詩人でありました。なぜなら、前にも後にも、詩人で彼のような立場に立った人は少なかった上、このような詩を書く能力のある詩人はますます少なかったからです。

彼は讃岐で見聞したことを胸におさめて再び京都の人となり、以後は宇多天皇の抜擢によって、異例のスピードで出世を重ねます。しかし、心の中にはおそらく矛盾した思いが渦巻いていたことでしょう。一度でも讃岐における民衆の苛酷な生活実態を見てしまった以上、この詩人官僚は、高位の貴族たちの栄耀栄華の生活にひたり切ることは、もはやできるはずもありませんでした。しかし地位は容赦なくあがっていきます。宇多、ついで醍醐、二人の帝王の意志が、彼の異例の出世の背景にあり、彼はその期待にそむくことはできませんでした。

それだけに、藤原家の恐るべき陰謀によって、醍醐天皇の道真への信頼が覆った時、すべては一朝にして崩れ去ったのです。彼は宇多帝に助けを求めようとし、帝もまた彼を破滅から救出すべく努力はしましたが、このクーデタの進行を押しとどめることはできませんでした。彼はまったくの無一物の状態で、西の涯て大宰府の、あばら家同然の官舎に住み、身辺にはわずかに彼が尊敬してやまなかった中国の詩人白居易その他の詩集を持つのみの生活に追いやられたのです。時に五十七歳。あと二年しか生きませんでした。その間に彼が書いた詩は三十九篇。現在残っている彼の詩はすべてで五百十四篇ですから、数から言えば全作品の一割にも満たない数の詩が、生活激変後の彼の文学的生活のすべてでした。

しかし、それらの中には、いくつかの長篇詩も含め、真に傑作の名に恥じない長・短さまざまの作品が含まれ、詩人菅原道真の名を不朽のものにしています。

彼はこの最晩年の詩群の中で、周囲の生活環境のみじめな有様をじつに細かく叙述し、冤罪を憤り、自分の陥った悲運を嘆き、妻子を思いやり、周辺の荒寥たる風物と孤独感をくり返し詠み、自分と似た境遇で死に追いやられたらしい正義漢の友人を痛切に哀悼する詩を書き、仏教に救いを求めてもなお心の平安は得られないことを嘆くなど、その生活が私たちの目にありありと見えるように書いています。

しかも、彼の詩は白居易をはじめ中国唐代の詩人たちからの引用に満ち、形式はあくまで厳密で、古典主義の詩の模範的なるものと言ってもよい端麗さを終始保っています。

この、形式における比類のない安定感と、詠まれている内容の胸掻きむしるような悲愴な訴えとの共存は、菅原道真の達成した詩的業績の偉大さを示しています。

ここでは、長篇詩を詳しくご紹介することは到底できません。そこで、長篇詩のごく一部分とか、短い詩を若干引用して、彼の最晩年の生活がどのようなものであったかを瞥見しようと思います。

まず、彼の日常生活の一断片。

與誰開口説　　誰(たれ)と與(とも)にか口(くち)を開(ひら)きて説(と)かむ
唯獨曲肱眠　　ただ獨(ひと)り肱(ひぢ)を曲(ま)げて眠(ねぶ)る

鬱蒸陰霖雨　　鬱蒸たり　陰霖の雨
晨炊斷絶煙　　晨炊　煙を斷ち絶つ
魚觀生竈釜　　魚觀　竈釜に生る
蛙咒聒階甎　　蛙咒　階甎に聒し
野豎供蔬菜　　野豎　蔬菜を供す
厮兒作薄饘　　厮兒　薄饘を作る

いったい誰とともに口を開いて語り合おうか
肘を枕に　独り眠るのみ

鬱々と蒸すこの陰霖の長雨
朝ごとの炊事をするのも途絶えがち
かまどや釜には水がたまって小魚が泳ぐ
蛙どもは階段の敷瓦でやかましく呪文を唱える
農家の子が野菜を運んでくれる

　　台所を手伝う子は薄い粥を作ってくれる

つまり、彼の住んでいる官舎は、長い間放置されていたあばら家であり、その家で、彼は規則的に食事を作る意欲もなく、うち沈んだ生活をしているのです。近隣の村童たちだけが、野菜をもってきたり、胃の弱った道真のための軽い食事を作ってくれたりしているのです。

しかしそれにしても、何という描写力でありましょう。一読、千年前の追放された大詩人の生活環境が、ありありと目に浮かんでくるようです。そして彼は、こういう生活の中で、京都に残っている妻からの手紙を待ち焦がれています。妻も決して自由に手紙を書いたりはできなかったでしょう。「薬品」と表には書いて、実はしょうがを送るようなこともしています。

　讀二家書一。　七言。

消息寂寥三月餘　消息寂寥(せうそくせきれう)たり　三月餘(さむぐゑつよ)

便風吹著一封書
西門樹被人移去
北地園教客寄居
紙裹生薑稱藥種
竹籠昆布記齋儲
不言妻子飢寒苦
爲是還愁懊惱余

便風吹きて著く　一封の書
西門の樹は人に移されて去りぬ
北地の園は客をして寄り居らしむ
紙には生薑を裹みて薬種と稱し
竹には昆布を籠めて齋の儲けと記せり
妻子の飢寒の苦しびを言はず
これがために還りて愁へて　余を懊し悩すなり

消息のない寂寥の三月余りが過ぎて
やっと順風が吹いて来た　封書が一通
読めば　わが家の西門に植えた樹は人に抜き去られ
北の庭の空地には　新たに人が住み込んだ
紙に生薑を包んで「薬」と表に書いてある
竹かごに昆布をつめて　精進の食べ物と記してある

妻や子の飢えと寒さの苦しみには　一言も触れていない
このためかえって憂愁は増し　私は懊悩する

感動的な詩です。私たちはこのような詩によって、政治犯の家族たちの苦しみを、まるで現在そこで生じている出来事そのものとして感じます。

道真が大宰府に流罪になっているあいだに、彼の信頼していた藤原滋実（しげざね）という友人が、大宰府とは正反対の方角、すなわち日本の東北のはずれに近い奥州で急死しました。滋実は不正を憎み、廉直を以て鳴る役人でしたが、どうやらそのために逆に部下に怨まれ、不審な死をとげたらしいのです。道真はその死の報らせに大きな衝撃を受け、彼の死を慟哭する長篇詩を書きました。その中で、彼は東国に派遣されている官吏たちが、その土地で不正に得た財宝で私腹を肥やし、都の有力者たちにしきりに賄賂を贈り、数年後に再び京都へ帰って栄達の道を歩む姿を、次のように書いています。

歸來連座席
公堂偸眼視
欲酬他日費
求利失綱紀
官長有剛腸
不能不切齒
定應明糺察
屈彼無廉耻
盗人憎主人
致死識所以

歸り來りて座席に連る
公堂　眼を偸みて視る
他日の費を酬いむことを欲りするに
利を求めて綱紀を失へるなり
官長　剛腸有らば
齒を切らざること能はざらむ
定めて明に糺察して
彼の廉耻無きひとを屈すべし
盗人は主人を憎む
死を致して　所以を識る

任満ちて帰京し　賄賂を贈った上司と座席を連ねる
宮中の役所では　贈賄者　収賄者　目つきでうなずき合っている
東国からの贈り物に何らかの酬いをするために

利欲に目もくらみ　国政の大綱をも細則をも忘れはてる
もし上役が剛毅で腹のすわった人であったなら
かかる腐敗に切歯扼腕せずにいられれようか
定めし不正を糾弾して
不届きな破廉恥漢を屈服させるに違いない
さすれば盗人は主人を逆恨みして憎悪し
主人はわが命を失ってはじめて　事の成行きを悟るのだ

道真はこの詩の最後の二行で、正義を実行したために逆に悪人から恨まれ、ついには殺されるに至る上役の悲劇的運命について書いています。死んでからはじめて事態を理解するこの上役、この人物は、友人藤原滋実でありますが、そこに道真自身が投影されていることを見てとることは容易でしょう。

彼は東国で非業の死をとげた親しい友人の悲運に託して、ずっと大がかりな陰謀によって西国へ流罪の身となった自分自身の、激昂、憤怒をここで叩きつけているのです。

このような政治的背景をもつ為政者の不正・腐敗弾劾の詩は、道真の全作品の中でも数は多くはないのですが、私はこのような詩が日本の詩の歴史の中にあったことを重要だと思います。もちろん、近代になってからは、政治的・社会的主題の詩も少なからず書かれています。ただし、詩としての芸術的価値においては必ずしもすぐれてはいないものもたくさんあります。これに対し、近代以前の日本の詩史には、菅原道真の詩を除いては、このような主題を扱った詩は、まったく書かれませんでした。

しかし、政治家で同時に詩を書いた人々、武家で同時に詩を書いた人々の数は、実はきわめて多いといってもいいのです。このことは一つの大いなる謎のようにも見えます。

しかし、日本の詩歌史は、菅原道真以降、その主流を「漢詩」から「和歌」へ移しました。きわめて短期間にこの劇的変化は成就しました。そこでの主要人物の中には、まさに宇多天皇と醍醐天皇がいたのでした。そして同時に、和歌では、すでに再三のべてきたように、繊細な美的感情、その限りない洗練への道が追求されるようになります。政治的あるいは社会的主題を具体的に叙述する「漢詩」とは、きわめて異なった道がこうして開かれました。

そして、政治家(その多くは藤原家出身の貴族でした)も、武家(その多くは、武力を背景に勝利をおさめながら、最後は必ず貴族の文化的背景に憧れ、同じ方向へ行こうとしました)も、美的理想の中心が和歌の繊細と洗練にあることを承認していましたから、彼らの作る詩は、政治や社会問題とはいっさい関わりのないものになるのが当然だったのです。関わりがあるとしても、それはあくまで内的な感情の関わる範囲内においてだったのでした。

このような歴史的背景を見れば、道真が詩人として正当に理解されてこなかった理由も明らかでしょう。彼の用いた詩型が中国伝来の漢詩であったことが、この忘却の一つの原因であったことも明らかですが、彼がこのような詩を書きえた理由も、まさに漢詩という形式を使った点にあったのですから、思えば矛盾そのものを生きた詩人でありました。大きな深淵が漢詩と和歌との間には横たわっていたのでした。

菅原道真は、その意味では、この深淵そのものだったのです。しかし、千年を経て、彼をこの深淵から甦らせることは、必要であり、また日本の詩について考える上で、重要であると私は考えるのです。

二　紀貫之と「勅撰和歌集」の本質

一

私は前章で日本古代最高の漢詩人菅原道真の詩について語り、流刑者としての悲劇的な死にいたる彼の栄光と失意の人生についてのべました。

道真が死んだのは十世紀初頭、九〇三年のことです。五十九歳でした。そしてその二年後、最初の勅撰和歌集『古今和歌集』が完成し、醍醐天皇に献上されました。この歌集は略して『古今集』とも言います。完成の年度については、もう少し後だったとする説もありますが、いずれにせよ、この一千百首を収録した和歌集は、もう一つの古代日本最古のきわめて重要な和歌集、約四千五百首を収録する『万葉集』に続く、二つ目の、きわめて権威の高い和歌の選集でありました。

『万葉集』は約三百五十年間に及ぶ詩歌作品が、長い歳月をかけ、多くの人の手を経て編纂されたもので、八世紀中葉に最終的に成立したと考えられています。したがって、『万葉集』から『古今集』までの間には約百五十年のへだたりがありました。

なぜそのように長い間、めぼしい詩選集が作られなかったのかと言えば、日本の九世紀は、あげて中国文明の圧倒的影響下にあり、官僚・知識人たちはほぼ例外なく、菅原道真が典型的にそうだったように、中国の文字を用いて中国式の詩や文章を綴ることに専念していたからでした。

日本の九世紀は、平安時代と呼ばれる四百年間の、全体的に言えば驚くほど平穏な時代の、最初の百年間にあたります。この四百年の間に、政治支配体制は、もちろん徐々に変化しましたが、政界で常に圧倒的な勢力を誇っていたのは、数ある古代の豪族の中でもとりわけ強力となった藤原家の一門でした。藤原家は、天皇家との婚姻関係を有力な足がかりに、政界を完全に支配するに至ります。

藤原家の祖は七世紀半ばに歿した藤原鎌足（ふじわらのかまたり）です。彼は後に天智天皇となる皇子、中大兄（なかのおおえ）を助け、朝廷の最大のライヴァルであった豪族蘇我（そが）家を滅ぼし、朝廷と天皇を中心とする中央集権国家の基礎をきずくうえで最も偉大な貢献をした武将政治家でした。その子不比等（ふひと）は、父のあとを承（う）けて中央集権国家をより強固にすべく、刑法や行政法などの基本法を次々に制定しました。これを「律令制」と言い、古代日本を七世紀半ばから十世紀まで、およそ三百年にわたって支配した強力な中央集権の国家体制がこうして確立されたのです。

不比等には四人のそれぞれすぐれた能力をもつ息子があり、彼らが藤原四家を樹立します。特に次男の房前の「北家」とよばれた家からは、優秀な政治家が輩出し、平安時代をあらゆる意味で指導してゆくことになります。

しかし、不比等については、もう一つ重要なことを指摘せねばなりません。それは、彼の娘光明子が、聖武天皇の皇后となったことです。それ以前は、皇后の位につくべき女性は皇族の子女にのみ限られていたのですが、この鉄則が光明子の立后によって変化したのです。光明子は幼い時からきわめて聡明だったといわれ、皇后となってからも、仏教に篤く帰依し、貧窮と病に苦しむ人々のための施療院をも二つ作りました。

藤原家という臣下の家から皇后が出現したことで、日本の政治の世界に、きわめて重要な、新しい要素が持ちこまれました。すなわち、藤原家がその後代々、四家それぞれに生まれた娘たちを、競って天皇の妃として入内させるようになったという事実です。

天皇との婚姻によって皇太子が誕生した場合、妃の父親は、次代天皇の外祖父ということになります。そしてもし、新たに帝位についた天皇がまだ幼かった場合には――これはしばしば生じる出来事でした。というのも、天皇はまだ壮年のうちに退位して上皇になるというのが、当時の天皇の一般的傾向だったからです――この外祖父が天皇の代りに「摂政」となって、直接政治を執行するようになったのです。絶対的権力が、こうして新天皇の外祖父に与えられることになります。

また天皇がすでに成人している場合でも、時には同じように藤原家の有力者が、天皇に代って政治を執行することがありました。これを「関白」と言います。

「摂政」「関白」、この二つの制度を合わせて「摂関制」と呼びますが、藤原家は一族間の網の目のような拡がりをもって、この摂関制度をほとんど独占し、絶大な勢力を固めたのです。

もっとも、初期のころは、摂政や関白が必ず置かれるとも限りませんでした。その顕著な例が、ほかならぬ菅原道真の栄進という事実です。宇多天皇が道真を大抜擢し、次の醍醐天皇も、父の意思を継いで、道真を藤原家の第一人者時平（ときひら）と並ぶ最高の地位につけました。二人の天皇は、このようにして藤原家の専制的な体制を中和し、その間にあって天皇自ら政治を行う可能性をひろげようとしたのです。しかし、すでにお話ししたように、そのもくろみは、藤原家の強力な抵抗によってあえなく崩壊し、道真は破滅しました。

二

藤原家の勢力固めはこのようにして着々と進みました。天皇を最大限に支えるとともに、摂関制によって実質的には政治をはじめとする社会生活の全領域にわたって、藤原家の権威はいやが上にも高まったのでした。文化の領域においては言うまでもありません。しかも、重要なことは、藤原の多くの家から、詩人や画家や散文作家その他の芸術家が輩出したという事実です。彼らは単に政治的支配者だっただけでなく、文学・芸術においても、きわめてすぐれた創作者と、それに劣らず、有力な芸術庇護者(パトロン)を、数多く生み出しました。

しかし、面白いことに、これら藤原家との競争に敗れさっていった氏族の中からも、少なからぬ指導的立場に立つ詩人たちが現れ、官吏としての地位はさして高くないにもかかわらず、詩人として人々の尊崇を集めるということが生じました。

とりわけ、天皇自身が詩歌・芸術を愛し、かつまた藤原家の政治的・文化的専制支配に対する相対的独立を強く望んだときには、それら下級貴族でありながらすぐれた詩的才能を持っている詩人たちが、文化界において脚光を浴びるということも生じました。それがまさに、最初の勅撰和歌集『古今和歌集』が編纂された時に生じた画期的な新事態だったのです。

そしてこれを可能にした最大の動因が、ここでもまた宇多天皇、醍醐天皇という父子の意思だったということは興味深い事実でした。というのも、宇多天皇はご承知のように、菅原道真を大抜擢した人だったからです。天皇は道真の儒学者・漢詩人としての才能に絶大な敬意を払っていました。その気持ちは、その子の醍醐天皇にもそのまま受けつがれました。しかるに、他方では、宇多天皇は和歌を深く愛する人でもありました。

その理由の一つに、意外なことを言うようですが、天皇が才智豊かな女性の魅力にとりわけ敏感であったことをあげることもできるかもしれません。天皇の後宮には、少なくとも十四人、藤原家その他いくつかの高位の氏族の子女が召されて、それぞれの時期に、天皇の寝所に侍ったのでした。その中には、菅原道真の娘も、また藤原時平の娘もいました。さらに注目すべきことに、それらの女性の中には少なくとも三人の歌人がおり、中でも伊勢と呼ばれた女性は、まさに才色兼備、一時代を代表する女性歌人であったのです。彼女は天皇のもとを去って後、ある皇子の妻となり、一人の女児を生みましたが、この娘もまた、長じて中務と呼ばれるすぐれた歌人になりました。

宇多天皇の後宮に侍した女性たちの数は、実をいえば決して異常に多かったわけではありません。醍醐天皇は十六人、そして紫式部、清少納言、和泉式部らが女官として仕えた一条天皇は六人、また日本の古代詩歌史の中で、パトロンとして、また実際に歌い手あるいは詩人として、すばらしい業績をあげた二人の天皇である後白河天皇、後鳥羽天皇は、それぞれ十七人、十三人という多数の女性たちをその後宮に容れて寵愛したのです。

それらの女性たちの中には、詩人またすぐれた歌い手・舞踊家が含まれていました。これは、宮廷女性の備えるべき魅力の中に、美貌だけでなく、詩歌を作り、また演じる特別の才もあったことを示しています。

そしてこの場合の詩歌とは、言うまでもなく女性の用いる文字、すなわち仮名文字を用いた和歌であって、男の文字である漢詩ではありませんでした。つまり、藤原家が政界で主導権を固める上で決定的な要因となった摂関政治体制は、その必然的帰結の一つとして、後宮の女性たちの存在をきわめて重要な地位に押し上げ、同時に、彼女らの得意とする文学表現、すなわち和歌を、漢詩に代って晴れの表舞台に引き出すことになったのです。こうして、最初の勅撰和歌集が編纂されるべき条件が整いました。

政治の流儀においても、厳格な律令制度と閨閥政治的な摂関制度とが混じり合って、実に独特な政治形態が出来上がったのです。もはや中国の制度を忠実に模倣することなど問題外でした。儒者菅原道真の失脚は、こういう大きな変化と転換を象徴的に告げるものでした。彼よりわずか三十歳ばかり若いだけの紀貫之の輝かしい擡頭は、十世紀初頭の日本に生じた一大転換、すなわち中国(唐)崇拝から自国尊重への、漢詩文から和歌と仮名文字文学への、最高位の貴族が指導する文化から中級の貴族が指導する文化への、つまり菅原道真から紀貫之への、転換を象徴するものでした。

紀貫之ほか三名の、地位としてはまことにとるに足らない四人の下級貴族が、和歌の上手という理由によって『古今和歌集』の編纂を天皇から命じられたのです。その光栄と責任の重大さに、まさに身も震える緊張の中でその任に当ったのでした。ついに和歌集編纂事業が完成した時の彼らの感激ぶりは、想像を絶するものがありました。

それまでの一世紀間、宮中のあらゆる儀式での公的な言語は、土着の大和言葉ではなく、中国の文字による漢詩・漢文でした。和歌は男女の秘密な恋愛感情の通路以上のものではなく、私的な通信の道具であって、公的な場所に堂々と出せるような性質のものではないと見なされていました。それが一挙に、天皇の絶対的な権威の裏付けとともに、宮殿の表舞台に躍り出ることになったのです。なぜなら、「勅撰」とは、まさに「天皇によって選び出された」という意味だからです。

紀貫之が書いたとされている『古今和歌集』仮名序は、まことに誇らかに、その喜びを語りました。それはまさしく、漢詩に対する和歌の勝利の宣言でした。

『古今和歌集』はそれ以後二十世紀初頭にいたるまで、まさに一千年間、詩歌をはじめとする日本のあらゆる芸術表現、また風俗現象の、美意識の根本を形づくったのです。貫之の仮名序はたえず参照される神聖な美学の基本となりました。詩歌論はもちろんのこと、茶道、華道、香道、音楽、舞踊、能楽・狂言、はては武道にいたるまで、それぞれの分野の理論的指導者たちは、陰に陽に、『古今集』の序文あるいは集中の和歌そのものに、自分たちの理論の精神的支柱を求め、同じ意味で、『古今集』に続いて編纂された各時代の代表的な勅撰和歌集にも模範を見出したのでした。

当然、紀貫之の名はきわめて神聖な権威となりました。彼の権威は、十九世紀最末期に和歌革新運動を起こした青年正岡子規によって激しく挑戦されるまで、十世紀にわたって不動のものとなったのです。

こういう事態の展開は、紀貫之個人の作品の価値以上に、「勅撰」の権威によるところが大きかったと思われますが、また実際にアントロジーとしての『古今和歌集』そのものが、たしかに日本語の詩的表現の歴史において、時間の磨滅作用に十分耐えうるだけの古典的美しさと緊密さを持った作品をたくさん収録していたのでした。

三

私はここで紀貫之が書いたとされる仮名序の最も中心的な一節を読んでおこうと思います。それはまさに序文冒頭の一節です。

やまとうたは、ひとのこゝろをたねとして、よろづのことの葉とぞなれりける。世中(よのなか)にある人、ことわざしげきものなれば、心におもふことを、見るもの、きくものにつけて、いひいだせるなり。花になくうぐひす、みづにすむかはづのこゑをきけば、いきとしいけるもの、いづれかうたをよまざりける。ちからをもいれずして、あめつちをうごかし、めに見えぬ鬼神をも、あはれとおもはせ、をとこ女(をみな)のなかをもやはらげ、たけきものゝふのこゝろをも、なぐさむるは哥なり。(註一)

貫之はここで、まず和歌の種子は「人の心」にあると言っています。そして心は、自然界の風景や事物が変化するのに合わせて、千変万化する言葉、すなわち歌となって現れ出るのです。さらに、彼は花に鳴く鶯や水辺で鳴く蛙に代表されるすべての生き物が、同じように歌を詠む詩人なのだと言っています。このことは、日本の詩の一つの特性と言ってもいい高度に洗練されたアニミズムの、極めて早い時期に表明された理論として注目されます。

そして貫之は、さらに興味深い主張を展開します。彼は和歌というものは、「力をもいれずして」天地を感動でゆり動かし、また死者の霊魂をも感激させると言うのです。言い換えると、超自然的な存在をさえ揺り動かす力が、この甚だちっぽけな言葉の構造体にはあるのだと言うのです。この思想は、詩というものが、超自然的存在に霊感を吹きこまれた特殊な能力を有する人間の口を通して語られる、超自然そのものの意思であるという、少なくとも西欧の読者には親しいであろう詩観とは、きわめて異なる詩観を語っています。

核心にあるのは「人間の心」です。その人間の心は、一木一草のゆらぎにも容易に同化し、鳥や獣、虫や魚とともに詩を歌う心です。

このことはまた、日本の和歌の形式が、五七五七七というきわめて少ないシラブルで完結している事実をも説明するものでしょう。山川草木に共鳴し、鳥獣虫魚とともに歌うことを可能にする詩型は、単純さという美徳を備えるためにも、短くてよいし、また短い方が、大量の暗示と他者への呼びかけを可能にする点で、むしろ有利であるということさえ言えるからです。

これを言いかえれば、日本の和歌は、独創的な着想や天才的なひらめきに絶対的な優位性を認めるのではなく――もちろんそれらも大いに尊重されますが――さらに重視されたのは、一人の人の歌が他の人によって、さらには自然界の生物、また無生物によってさえ応答され、両者の間に唱和する関係が生まれることでした。

実際、「和歌」という言葉の「和」という語は、一つには大和(やまと)という意味でもありましたが、より本質的な意味で、「人の声に合わせ応じる」、ひいては心を相手に合わせて、「互いになごやかに和(やわ)らぐ」という意味があるのです。つまり相手と調子を合わせて唱和し、調和し合うことが、和歌という語の根本的な意味でした。

紀貫之が主張しているのは、まさにこのことであります。そして、和歌という語の意味がこのようなものである以上、それが男女の関係を親密なものにし、勇猛な武士の心をも慰めるものであるべきなのは当然でありました。

つまり、和歌の理想は、超自然の恐るべき力をさえやわらげ、天地自然や死者の魂をさえ感動させるところにあったので、そのため和歌は、古代・中世においては、旱魃や洪水などの天災を押しとどめ、猛威をふるう流行病から人々を守る呪文そのものとして唱えられることにもなったのでした。和歌にはそれだけの超自然的な感応力があると信じられていたからです。和歌のそのような力に対する信仰は、古代・中世の日本社会には、一般庶民の間にさえ——むしろ庶民の中での方が一層強く——存在しました。

恐らくこのようなきわめて実用的な局面において、和歌は西欧の「詩」とはかなり違った性質をもっていたのではないでしょうか。それは「人の心」を種子として生まれるものでありながら、究極においては、「調和」の原理そのものによって、超自然的な恐るべき存在までも、やわらげ、人間化してしまう力を、潜在的に持っているのです。

詩の力を日本人がこれほどにも無邪気に信じることができた背景には、あるいは日本列島がその地理的位置の特殊性から、きわめて長い歳月、外敵による侵略を受けることなく、幸運にも自国内での平和な日常の繰返しを続けてこられたからだという事実もあるかもしれません。

同時に、日本列島の気象が、東南アジア一帯のモンスーン気候の支配下にあるため、夏は高温・多湿多雨であり、それが植物の繁茂には絶妙の条件をなしていたという事実があります。同様に、日本の春と秋の気候は起伏に富んでおり、動植物の種類も多彩です。これは貫之が序文冒頭でまず鶯や蛙の声について言わずにいられなかった事実を説明しています。

日本人のアニミスティックな自然観の形成は、このような観点からすれば、逃れ難い宿命的事実であったことがわかります。そしてそれが、日本の詩の基本的性格を形づくっていたことも理解できるでしょう。

四

紀貫之は『古今和歌集』の序文で、多くの関心事について語っていますが、私はそれらに細かく立ち入ることはしません。この序文の中心が今とりあげた一節にあることは明らかだからです。私はただ、今見たような思想が、結局、和歌のみならず日記、物語、随筆のような散文にも、茶道、華道のような日常生活を限りなく芸術化してゆく日本独特の「生活芸術」にも、また一般的に言って祭礼をはじめとする年中行事すべてにわたって、ある共通した底流をなしていると考えます。

そして、これがまた歴代の「勅撰集」を貫く基本的な編集理念でもあったということを強調しなければなりません。人間の「和」を求める心が、究極においては超自然の恐るべき力さえ和らげ、調和させるということ、そしてそのための最も尊ぶべき手段が、「和歌」であるということ、これが勅撰和歌集を貫いている理念だったということです。

これはすなわち、天皇の治世の理想とすべき観念にほかなりませんでした。もちろん現実には、藤原家という貴族が実権をにぎっていた四百年間、さらにその後六百年間続いた武家による支配の時代の、約一千年の間、ほとんどすべての時期において、天皇はみずから統治者として政治の全権を掌握することはなく、貴族や武家が権力を代行したのでした。しかし、これらの貴族や武家も、軍事的には何の力も持たない最高統治者にすぎない天皇の権威を、公然と否認したことはありませんでした。逆に、天皇の精神的権威にあやかることによって自らの権力の正当性を主張するのが常だったと言っていいのです。天皇の権威は、現世的なものであると同時に、神聖で絶対的なものと見なされたからです。

その場合、天皇が「勅撰和歌集」編纂事業の中心に存在するということは、大きな意味を持っていました。和歌そのものが、すでにのべたように、神聖な力を発揮するものと見なされたからです。貴族も武家も、勅撰和歌集編纂の企てがあれば、進んでそれを援助するのでした。

中でも顕著な人物を一人だけ挙げれば、十四世紀前半に室町幕府を開き、その初代将軍となった武将足利尊氏です。彼はまさに乱世の英雄で、近代日本での一般的評価は、むしろ陰謀家、反逆者という暗いイメージが強かったのです。しかし実際には、彼は和歌・連歌を愛し、みずから優雅な歌を数多く詠んだ歌人であり、しかも『新千載和歌集』という勅撰和歌集を編むための原動力とさえなった人でした。そして彼の開いた室町幕府は、たえず動乱の波に揺さぶられながらも、約二百年のあいだに、能楽、連歌、中国風の水墨画、茶道、華道などの諸芸術を保護発展させましたし、禅宗寺院を拠点とする文化、とりわけ庭園文化の発達にも大いに貢献しました。

紀貫之が『古今和歌集』序文で掲げた「和」の理想は、貴族のみならず、武家によっても、自分たちの追求すべき理想だと考えられたのです。こういう事実からも明らかなように、彼が序文でのべていた和歌の本質に関する理論は、単なる詩歌論の枠を越えて、帝王も将軍も等しく尊重すべき、天地万物すべてを貫く平和と繁栄と共存の原則を簡潔にのべたものと受け取られていたのです。

これこそ、五百年間以上にわたり、二十一人の天皇のもとで「勅撰和歌集」が編纂され続けた最も根本的な理由だったと私は思います。つまりそれは、単なる詩歌集ではなく、天皇と、その背後にいる実際の権力者たちの治世が、大いに繁栄している平和な時代であることを広く世に示す上で、きわめて効果的な政策であるという側面を持っていたのです。

五

もちろん、勅撰和歌集がすべてきわめて上質の詩歌集だったとは到底言えません。その理由の第一は、容易に想像できるように、陳腐な繰返しの氾濫にあります。わずか三十一シラブルの詩型の中では、創意ある独創的な作品がそんなにたくさん出来ることはありえないことでした。

それゆえ、和歌においては、きわめて早い時期から、さまざまな方法によってこの短い詩型に豊かな包容力を与える試みがなされてきました。その顕著な方法のひとつが、「本歌取り（ほんかどり）」とよばれる方法でした。これは、秀作と多くの人に認められている先人の歌の表現の一部を、意識的に借用して自分の作品を構成する方法です。なぜそんなことまでするのかと言えば、有名な古歌を借用することによって、その作品を読み、あるいは聴く人に、その作品と重ね合わせに、もう一つの有名作品の、いわば残り香、残響をも感じとらせることをねらったからです。それによって作品享受の味わいも、複雑かつ豊かなものになるからです。

この場合、借用する歌は必ず有名な古歌でなければなりませんでした。本歌取りをしているということが読者にわからないような作品は、単なる剽窃にすぎなくなるからです。本歌取りは、往年の名作の剽窃ではなく、逆に、一風変った仕方による、その名作へのオマージュであり、またその作品を生まれかわらせることでありました。したがって、取材源となった作品は、はっきりそれとわかるべきものでした。

このようなことが大規模に行われたということは、何を意味していたでしょうか。それは次の大切な事実を物語っています。すなわち、千年前、八百年前の日本では、多くの宮廷人や教養ある男女は、有名な古歌を諳んじる能力を持っていたということです。これは驚くべきことと言ってよいでしょう。実際、場合によっては、三十一シラブルの短い詩型一首の中で、二首あるいは三首もの古歌の本歌取りを同時にやり、その上で、その新作がきわめて優れたものとして喧伝されるというような例さえあったのです。作者だけでなく、同時に、そのような妙技を理解し賞讃することができる優秀な読者の存在なしには、こんなことは成り立ちませんでした。

作者と読者の形づくるこのような濃密な文学的空間、これがつまり、勅撰和歌集の伝統をとにもかくにも永続させた環境だったと言っていいでしょう。ここでは、作者がすなわち読者でありました。その場合、和歌の形式が三十一シラブルしかない短い詩型であることが、たくさんの古歌を諳んじる上ではむしろ有利に働いたことも見逃せません。「本歌取り」のような、たぶん西欧の人々にはほとんど想像もできないであろうような詩作方法が、むしろ作者と読者の喜ばしい詩的教養の示し合いの場として、積極的に実行されるようになったのも、こういう条件があったからでした。

すなわち、ここでは、詩を作り、またそれを享受するということが、社交の最も洗練された一形式でもあったのです。このような文学的環境から、「歌合(うたあわせ)」や「連歌」「連句」という、共同性の原理の上に成立する日本独特の詩歌制作および鑑賞の形式も育ったのです。

六

さて、私はこれから、勅撰和歌集の代表として、『古今和歌集』に採られた歌をほんのすこしご紹介しようと思います。最初にお断りしておかねばなりませんが、日本語は言語そのものがきわめて微妙なニュアンスに富んだ言語だということです。特に日本語の最も日本語らしい特徴を示す助詞や助動詞は、それ自体では独立した意味を表わさない語で、翻訳に当っても最も問題の多い品詞であります。それらは、名詞、動詞、形容詞などに結びつくことによって、きわめて多彩な意味を生み出し、ニュアンスに富んだ表現をあらわします。そして、言うまでもなく和歌は、助詞や助動詞が最も活躍する文学領域であります。特に『古今和歌集』がそうでした。『古今集』の歌は、いわば極めて微妙な音の響きの重なり合いで成り立っている室内楽、あるいは複雑に交錯して繊細な模様を生み出しているアラベスクの線にも似ていると言えましょう。

この点では、『古今集』よりも三百年後に編まれた『新古今和歌集』、それよりもさらに百十年あるいは百四十年後に編まれた末期勅撰和歌集の代表的な二つの集、『玉葉和歌集』『風雅和歌集』などの方が、名詞、動詞、形容詞などの働きが重きをなしているため、意味やイメージが一層明確になっているという違いがあります。

『古今集』から、翻訳上の難問題をあまり引き起こさないと思われる歌、しかも『古今集』のある種の特徴をよく示していると思われる歌を二首ここにご紹介してみましょう。いずれも『古今集』の代表的歌人の、よく知られている歌です。

まず、『古今集』巻三、夏の巻の最後を飾る凡河内躬恒（おおしこうちのみつね）の歌で、これには題があります。「水無月（みなづき）のつごもりの日よめる」(旧暦六月三十日の日に詠んだ歌)。旧暦では、六月三十日が夏の最後の日でありました。この歌が夏の巻の最後に置かれているのもそのためで、『古今和歌集』に始まる勅撰和歌集の編集方針では、四季を詠んだ歌は厳密に暦の日付けの順に並べられるのです。

みな月のつごもりの日よめる

夏と秋と行きかふ空のかよひ路(ぢ)は
片方(かたへ)すずしき風や吹くらむ　躬恒

これは、暑くてたまらない夏が過ぎ去り、いよいよ待望の涼しい秋がやって来るという日の、楽しい空想を詠んだ歌です。歌の興味の中心は、季節が交替するまさにその瞬間、空中の夏と秋がすれ違う通路では、片一方にだけ、もう涼しい風が吹き始めているだろうと想像したところにあります。

言うまでもなく、夏と秋はこの日にいきなり交替するわけではありませんし、空中に季節交替の通路があるわけでもありません。すべて、どちらかといえば幼稚な空想の産物であります。にもかかわらずこの歌があるチャーミングな感じを与えるのは、空中にまるで虹の橋のように空想的な通路がかかり、夏と秋とが互いに手を振り交わしながら、一方は立ち去り、一方は立ち現れるという運動のイメージが鮮かに浮かぶからです。

またこの歌は、当時の日本の教養ある人々が、暦という新しく現れた知識に対していだいていた強い関心をも示しています。暦に対する関心は、言いかえれば、時間の経過に対する関心です。平安朝の貴族たちは、生を考える時、たえず過ぎ去るものとして生をイメージする抜きがたい傾向を持っていました。盛者必衰、会者定離、栄枯盛衰こそ人生の常、とする思想は、仏教の教理から日本人が受け取った最も重要な人生観でありました。人間の生死についても、社会の中での個人の運命についても、恋愛の行方についても、日本人は確固として不変なるものよりは、片時も元の位置にはとどまらないものをイメージすることを好みました。それは一種のペシミズムですが、同時にそれは、滅びゆくものの美の発見にも通じていました。一種独特のデカダンスを伴った、滅びゆくものへの愛着が、ここから生まれました。日本の美意識の重要な一要素であります。

　しかし、このすでに広く知られている主題に深入りすることは、ここでは避けねばなりません。凡河内躬恒の歌は、その無邪気で大らかな空想において珍重すべきものでした。そこへ立ち戻って、小さな詩型の中を涼しい風が吹き抜けていく、その行方を追おうと思います。

この歌が夏の季節の最後に置かれていたことの意味は、次の巻四、秋の歌の部の巻頭に置かれた歌を読むとき、一層明らかになるのです。それは藤原敏行の、立秋の日に詠んだと題のある次の歌です。

秋立つ日よめる　　　　　　　　　　敏行(註二)
秋来ぬと目にはさやかに見えねども
風のおとにぞおどろかれぬる

この、日本人にとってはきわめて有名な、秋の到来を告げる和歌は、夏の終りを告げていた凡河内躬恒の歌から、ちょうどリレー・ランナーが、前の走者からバトンを受けとるように、季節のバトンを受け取って、秋の第一走者として走り始めているのです。

つまり、夏の終りの歌で吹いていた風は、この秋の始めの歌でも相変らず吹いているのです。しかも、その風は、突然ふと気づくような微妙な音としてやって来た、秋の最初の一吹きなのです。まだ、目で見るもののどこにも秋は来ていないのに、そっと起ち上った秋の風は、その中にわずかな涼しさを含んでいるだけで、「あ、秋風が」と鋭敏な耳には聴きとめられるのです。

七

ここで重要なことが明らかになります。「視覚」よりもさらに微妙でとらえがたいのが普通であるはずの「聴覚」が、和歌では視覚よりも一層深い味わいをもった感覚として喜び迎えられているということです。

これは言いかえると、平安時代の歌人たちが、男も女も、いま眼の前で現実に見ているものよりも、むしろ音として遠方から聞こえてくるよそのものの「気配(けはい)」に敏感だったことを示しています。そのことは彼らの生活形態そのものと密接に関係する事実だったろうと私は思います。というのも、多くの場合、彼らの生活圏はきわめて狭く限られていたので、見て確かめることよりも、耳で聞くことによって生活が大きく左右されたからです。人の噂は、今とは比較にならないほど人々を動かす力がありました。特に男女関係では、耳で聞くことにたえず注意深くある必要がありました。視覚よりも一層聴覚に鋭敏である必要があり、それがおのずと今読んだ歌のような感覚をも生んでいるのです。

特に女性の行動範囲は、少なくとも貴族ないし富裕な階層に属する人々の場合は、きわめて限られていました。彼らは深窓の内側深く身を守っていたからです。それだけに、恋愛に関しては困難が伴いました。まだ一度も顔を合わせたことがないのに、噂を聞きつけただけで、男からは何通も何通もの恋文が女のもとに届けられるというようなことが、ごく日常的に行われていました。身分の高い、富裕な親のもとで大切に育てられている娘の場合、そのような求婚者が何人も同時に現れて競争するということも、当然生じました。

このような事態が生じるのは、当時の社会の仕組みそのものから来ていました。すでに繰返しお話ししたように、平安時代は藤原家を頂点とする律令制官僚制度が厳密に保たれていた時代です。少しぐらい個人的能力が人よりすぐれていたところで、官職において飛躍的に昇進するようなことは望めませんでした。家柄によっておのずと社会的地位も定まり、その意味での野心は、仮にいだいたところでほとんど達成の見込みがありませんでした。抜群の知性の人だった菅原道真の驚異的な出世がどのような結末をたどったかは、恐ろしい教訓として人々の胸に灼きついていたでしょう。

したがって、男にとって望みうる現実的な出世の手段として大きな意味を持っていたのが、他ならぬ結婚だったのです。有力者の娘と結婚することを通じて、あわよくば自分の立身出世も夢ではないと考える男たちはたくさんいたでしょう。それは必ずしも道徳的に非難さるべきことではありませんでした。もちろん、これに伴う喜劇的出来事もたくさんありましたが、自分の才能と健康と運と、それに加えて美貌にも自信がある若い貴族なら、十分挑戦するに値する「事業」であったのです。

その場合、彼らが頭をしぼったに違いないのが、実をいえば恋の和歌を作ることでした。何しろ相手はしばしば、噂にのみ聞いて、見たことなど一度もない高位の貴族のお嬢さんなのです。彼女に近づく唯一の手段は、恋歌を彼女に手紙として送ることでした。歌がうまくなければ、思いを通じることさえできないかもしれなかったのです。これはこれで、大変な重荷でした。勅撰和歌集というものは、この観点からしても非常に意味のあるものでした。そこには、歌の下手な男どもにとって大変役に立つモデル(お手本)が、たくさん並んでいたからです。

和歌は、このことからも明らかなように、相手の心を捉え、説得するための、きわめて実用的な手段であり、武器でありました。それは決して単なる詩的才能の見せ場ではなく、場合によっては命がけの恋の駈け引きの道具だったのです。当然それは、男女の、また宮廷人たちをはじめとするさまざまな社会階層間の、社交の道具でした。和歌はその意味ではひどく現実的効用のあるものなのでした。

和歌が極度の感覚的洗練にまで達するのも、決して単に純粋に文学的な意味においてではなく、むしろ今のべたような実用上の必要からそうなっていったと考えるべき事柄です。この私の見解は、日本で一般的に承認されている見解ではないかもしれませんが、私はこれを確信しています。

和歌は現在でもきわめて人気のある詩型として多くの日本人に愛用され、和歌の作者は百万という単位をもって数えられるでしょうが、その理由も、ざっくばらんに言って、この詩型の実用性にあります。

もちろん、比較的少数の「歌人」が、和歌の文学的洗練にしのぎを削っているのは、古代・中世以来全く変らないのですが、この歌人たちにしても、一方に実用性の錘（おもり）があって初めて、芸術的飛翔も許されているのです。その実用性の最も一般的な形は、自分の主宰する雑誌や、初心者向けの指導教室で、弟子たちを指導するというものです。

詩というものが、手とり足とりで指導されうるものだということは、西欧の人々の常識にはないことですが、和歌、そしてその派生形態であり、全く別種の詩的表現として自立した俳諧という、日本を代表する二種類の伝統的詩形式においては、むしろこのやり方が正統的であり、実際、千年にわたってその有効性が確かめられ続けてきたのです。

私はいま、和歌における聴覚の重要性を言うことから始めて、平安時代の男女関係の特殊な状態、そしてそこに和歌という詩が実に深く関わっていたことを言いました。

実際、和歌は、日常生活の中での実用を通じて、日本人の生活に深く浸透したのみならず、それを美学的に、また生活道徳的に、深く支配したのです。そのため、人々は和歌の持っている呪術的な力をますます強く信じるようになり、人生についてのヴィジョンの表現手段としても和歌をきわめて重視することになりました。

そして、このような性質の詩である和歌の権威は、二十一冊に及ぶ勅撰和歌集の出現によって、決定的なものになったのでした。

もちろん、現代の和歌――それは一九〇〇年以降の革新運動を経て、今では「短歌」と呼ばれていますが――の作者たちが、平安時代以来の勅撰和歌集の権威をそのまま信じているようなことは、もはやありません。短歌はおよそ百年前に急速に近代化しました。それ以前には神格化されていた紀貫之、ならびに『古今和歌集』の伝統は、当然最も激しく挑戦され、その後六、七十年間、紀貫之は堕ちた偶像でありました。

しかし、ここ三十年ほど以前から、彼の業績とその果たした大きな役割についていての再評価の機運が生じ、今では貫之および『古今和歌集』についての評価は、遥かに高くなり、バランスを回復しつつあります。

実際、紀貫之や『古今和歌集』に始まる勅撰和歌集の伝統を、単に近代主義の観点から表面的に否定してみても、それを支えていた日本社会の組織や価値観や風習は、依然として巨大な潜勢力をもって、現代のハイテクノロジー日本に生き続けているのです。

超現代的なものと、異様なほど古代的なものとの、合理的観点からは理解しがたいような結びつき、それは現代日本に対する外部からの観察者をしばしば驚かせ、困惑させるものです。その結びつきの深い理由を理解して頂くためにも、今日の話題は私の講義の一題目となるべきものでありました。

註一　（仮名序　現代語訳）

和歌は、人の心を種子として、あらゆるものが言葉になったものである。世の中に生きている人はたえずさまざまな行為をしているので、心に思うことを、見るもの、聞くものに託して言葉に言い表わすのである。梅の花に鳴く鶯、清流に棲んで鳴く河鹿(かじか)の美しい声を聞けば、生命をもつ限りの存在で、歌を詠まないものがあるだろうか。力をも入れることなくして天地を感動させ、目に見えぬ死者の霊魂をも感激させ、男女の関係をも親密なものにし、勇猛な武士の心をも慰めるのは和歌である。

註二
　秋来(き)ぬと目にはさやかに見えねども
　　風のおとにぞおどろかれぬる　　藤原敏行

「おどろく」は、ハッと気づく。急に感じとる。ビックリスルの意よりも、第一義的には、「気づく」。

三　奈良・平安時代の一流女性歌人たち

一

私は前回、「和歌」という言葉の意味についてのべ、「和」という語の動詞が「人の声に合わせ応じる」、ひいては心を相手に合わせて「互いになごやかに和らぐ」という意味であることを言いました。そしてこれが勅撰和歌集の編纂理念の根本をなす原理でもあることを、主として紀貫之の『古今和歌集』への序文との関連においてのべました。

和歌がこのようなものであったことと、和歌のきわめて重要な担い手が女性であったこととの間には、言うまでもなく切っても切れない関係があります。人々が和する必要があったのは、まず第一に異性とだったからです。

したがって、和歌は原理的に見て、女性なしには存在しえない詩であったのです。とりわけ、男性の場合は、多くの社会的広がりをもった関心事のおかげで、内面生活に複雑な翳りが生じ、率直な感情表現をみずから制御したり、ためらったり、いつわったり、さまざまな口実を設けて言いつくろったりすることが日常茶飯事だったのに対し、女性はその行動範囲が狭く限定されていた分だけ、その感情表現は痛切・率直で、自己自身を見つめる誠実さにおいても、しばしば男性を凌駕していました。

そのことは、言いかえれば、女性の方が男性よりも、特に恋愛において、真剣ならざるを得ない諸条件に取り囲まれていたからです。女性の恋愛の歌が、その痛切さにおいても抒情的迫力においても、男性のそれより一般的にすぐれていたとすれば、それは言うまでもなく、彼女らがそれだけ厳しい条件を背負って恋をせねばならなかったからでした。そのため、ある種の天才的女性詩人にあっては、恋の歌はすなわち彼女の全人生を要約し、あるいは象徴しているものとさえなりました。すなわち、恋の歌がそのまま哲学的瞑想の詩となったのです。私たちはそれを、たとえば和泉式部の歌に見ることができるでしょう。

二

私はこの講義を、平安時代初期の偉大な漢詩人菅原道真を論じることから始めました。しかし、日本の詩歌史は彼の時代より以前に、すでにきわめて豊饒な和歌の時代を経験していました。約三百五十年間に及ぶその時代を要約的に示したのが、八世紀中葉に成立したと考えられるあの有名な『万葉集』です。

女性の和歌について語るとすれば、平安朝初期の漢詩文全盛時代、すなわち男性だけが読み、かつ書くことのできた文学よりもさらに以前に存在していた『万葉集』の、女性歌人たちについてまず触れねばならないでしょう。七世紀半ばのころ活躍した最初の大女流歌人額田王（ぬかたのおおきみ）から、八世紀半ば、古代日本文明の高揚期である天平（てんぴょう）時代に活躍した大伴坂上郎女（おおとものさかのうえのいらつめ）に至るまで、多くの女性歌人がいましたが、ここでは一人だけを取りあげます。悲恋に終った恋の歌二十九首を『万葉集』に残したために不朽の名声を得た天平時代の人、笠女郎（かさのいらつめ）です。

笠女郎の作品がすべて恋の歌で占められていたのはなぜか。それは、彼女の歌がすべてただ一人の男性あてに作られたものであり、その男性が当時の最高の歌人にして知識人、しかも『万葉集』の編纂に活躍した大伴家持(おおとものやかもち)だったからにほかなりません。

家持は、何十年、何段階にもわたってしだいに積み重ねられていったと考えられる『万葉集』全二十巻の編纂過程の、最も重要な最後の締めくくりの段階で、これに深く関与した人であります。彼は古代以来きわめて重要な地位を保ってきた貴族大伴家の、天平時代における代表者でありましたが、自身すぐれた詩人であり、『万葉集』に収録された作品の数も、全体で約四千五百首ある中の一割以上、四百七十九首に達しています。

笠女郎は、その家持を熱愛したのです。家持は女性たちとの歌の贈答の様子から推測すると、たぶん十人以上の女性と、深い、またさほど深くない恋愛関係を結んだと考えられますが、笠女郎に対しては、どうやら割合早いうちに、どういう理由でかわかりませんが、逃げ腰になり、彼女から去ったらしいのです。

すでにお話ししているように、古代日本の貴族社会では、恋愛の仲介役となるのは、和歌にほかなりませんでした。男と女は、わかれて暮らす以上、たえず自分の愛情を相手に訴え、また相手の気持ちをたしかめるためにも、和歌を作っては、それを使者の少年や少女に届けさせる必要があったのです。

私の推測では、笠女郎は大伴家持よりもかなり年長で、きわめて情熱的な人だったと思われます。知的にも感性的にも非常にすぐれていたであろうことは、歌から推測できます。あるいはこのすべての条件が、恋人としての大伴家持にとっては、重荷であったのかもしれません。彼は最初の段階以後、消極的な恋人になったらしく、彼女の歌からは、最初の幸せな感情はたちまち消え去り、悲痛な焦り、悲しみ、不安、浅い眠りの中でしばしば見る夢、そして怒りとあきらめが、次々にうたわれるようになります。

家持は、愛人としての笠女郎に対しては早々に興味を失ったにもかかわらず、彼女から送られてくる悲痛な訴えに満ちた、しかも自分に捨てられた女の恋の歌に対しては、心を揺さぶられ、同じ詩人として、たぶん讃嘆の気持ちさえ抱いたに違いありません。そのため、『万葉集』の編纂の作業を進めていくうちに、本来なら自分の手もとにまったく秘密に保管しておくべき性質の歌を、恋の歌の最も上質なものとして持ち出し、公表してしまったというわけです。

もちろんこれは、作者たる笠女郎のあずかり知らぬことでした。もし今日であったなら、家持の行為は明白な著作権の侵害であり、また道徳的にも法的にも罰せられねばならないものでした。しかし、仏教寺院での経文の印刷を除けば、印刷術などまだ存在しなかった古代日本においては、家持自身でさえ、『万葉集』が後に最重要の古典となり、現代日本においてさえ、恒常的に多数の読者に恵まれている詞華集になろうとは、夢にも知らなかったことでした。結果として私たちは、この冷酷な恋人の不埒な犯罪的行為のおかげで、日本古代の胸をうつ恋の絶唱を読むことができるようになったのです。

得恋の歓喜の歌よりも、失恋の涙と呻きの歌の方が、何倍も人々を喜ばせるという、人類にどうやら普遍的であるらしい奇妙な嗜好は、日本の古代詩歌、中世詩歌でも、いや現代の詩歌でも、共通にその普遍性を主張してやまないのです。

三

笠女郎の歌を数首ご紹介します。これでは余りに数が限られていますが、彼女の歌の片鱗だけでもお伝えできれば幸いです。

わが思ひを人に知るれや玉くしげ
　開き明けつと夢(いめ)にし見ゆる
　　　　　　　　　　　　　　　　笠女郎

大意は次の通りです。

「私があなたに恋していると、あなたは人々に吹聴したのではないでしょうか。櫛を大切にしまっておく箱の蓋をあなたが開けてしまった夢を見ました。」

女郎はどうもしばしば夢を見たらしく思われますが、その夢の内容は、二人の大切な関係を秘密なもの、水も洩らさぬように完全なものにしておきたい、という彼女の強い願望を示しているようです。櫛は、女性にとって極端に重要なものであった髪の毛にかかわるものであり、それをしまっておく箱を相手の男が開ける夢を見たということは、男が自分たちの恋愛を大っぴらに他人に自慢げに語ることへの怖れ、つまり男の絶対的誠実さへの疑いを、彼女がいだきはじめていることを示すものでしょう。

朝霧の鬱(おほ)に相見し人ゆゑに
命死ぬべく恋ひ渡るかも　　笠女郎

「朝霧と同じようにおぼろに逢っただけの人ゆえに、命も絶えんばかりに、私は恋いしつづけています。」

彼女は家持と確かに逢ったのです。しかし一旦別れ別れになってしまえば、まさしく朝霧が一切をおぼろにしてしまうように、すべてが不確かになってしまうのです。そんな逢い方をした相手だから、なお一層、死ぬばかりに恋い慕われるのです。

歌の前半と後半のコントラストに、彼女のレトリックの非凡さが見られます。

剣大刀(つるぎたち)身に取り副(そ)ふと夢(いめ)に見つ
　何の兆(さが)そも君に逢はむため　　笠女郎

「立派な剣がわが身に寄り添った夢を見ました。何の前兆なのでしょうか。あなたに逢うだろうというしるしでしょうか。」

再び夢の歌です。剣が女に寄り添う夢を見たと、その女自身が告げています。フロイトの夢判断ならずとも、これが性的欲求不満に関わる夢かもしれないと考えることはできるでしょう。

皆人(みなひと)を寝よとの鐘は打つなれど
　君をし思(おも)へば寝(い)ねかてぬかも　　笠女郎

「都の人々に就寝時刻を告げる鐘は響きわたりますが、あなたを思っている私に、いつまでも眠りはやって来ません。」

都とは、有名な古都奈良でした。この歌では、人々に寝静まるよう告げる午後十時の鐘を言っています。奈良京では、鐘を打って人々に時刻を知らせました。女郎は、灯台の油そのものがきわめて乏しい貴重品だった当時に、真暗な夜の闇をじっと見据えて、つれない男を思いつづけています。

相思はぬ人を思ふは大寺(おほてら)の
餓鬼(がき)の後(しりへ)に額(ぬか)つくごとし　笠女郎

「思い思われる仲でもない人を、こちらだけが一心に思うなどということは、あの大寺の仏像の足に踏んづけられている哀れな餓鬼を有難がって拝むようなもの。それも、餓鬼を尻の方から拝むようなもの。」

ここで餓鬼と言われているのは、仏教でいう餓鬼道に落ちた死者たちの彫像のことです。この死者たちは、貪欲でけちな生活の報いとして、骨と皮だけに痩せ衰え、たえず飢餓に苦悶しているのです。仏像彫刻では、仏の足もとで踏んづけられている姿で表現されています。そんなものを礼拝しても何の意味もありません。しかも、尻の方から餓鬼を拝むなど、まったくのお門違いです。笠女郎は、家持に捧げた愛を無視され続けた挙句、ついに相手に激烈な怒りを叩きつけ、絶縁を宣言したのです。

しかし、この歌そのものを見れば、無意識のうちに滑稽な効果を考えて作っていることがわかります。相手を餓鬼にしてしまっているのですから、ここには苛烈な揶揄の気分がこもっています。男に捨てられながら、詩においては堂々と男を見くだし、卑小な存在としています。家持はどんな顔をしてこれを読んだでしょうか。彼は恐らく、怒ることはなかったでしょう。むしろ笑ったでしょう。同時に、この恐るべき才能の女性から解放されて、ホッと安堵したかもしれません。

自分の周辺から目ぼしい作品をあれこれ集め、『万葉集』に最後の仕上げをほどこそうと彼が思い立った時、彼はこの恐るべき才能の女から受けた深情けの愛と別れの証言である彼女の数々の歌を思い出し、彼女には無断で、『万葉集』の何ヵ所かにそれらをちりばめました。彼女は恐らくその間の事情をまったく知らず、深い悲しみを自らの内にとざしたまま、生涯を閉じました。そして十世紀以上たった今、彼女は『万葉集』を代表する恋愛詩人として愛読されています。

四

笠女郎よりも二百五十年くらい、紀貫之よりも百年ばかり後、平安朝文化の頂点に達したといっていい一条天皇の時代、すなわち十一世紀初頭に、日本詩歌史上にひときわ抜きん出た才能を輝かせた一人の女性詩人が生きていました。和泉式部です。

そもそも、十世紀の末から十一世紀前半という時代は、日本文学の全歴史を通じて、一流の女性文学者が輩出した文字通りの黄金時代でした。現代の私(わたくし)小説の発端をなしたと言ってもいい『蜻蛉日記(かげろうにっき)』の右大将道綱母(うだいしょうみちつなのはは)、長篇小説(ロマン)の作者として世界的名声をもつ『源氏物語』の紫式部、随筆文学の輝かしい先駆者『枕草子』の清少納言、歴史小説に道を開いた『栄花物語』の赤染衛門(推定)、そして恋歌の作者として並ぶ者のなかった和歌の和泉式部。

このうち、『蜻蛉日記』の作者を除けば、他はすべて一条天皇の後宮に仕えた女官で、多くの男性との社交的、恋愛的接触もあれば、いずれ劣らぬ才女としての評判も高い女性たちでした。彼女らに共通していたのは、いずれも出身は中級貴族、言いかえれば藤原家一門の政界制覇によって政治的出世の道を閉ざされ、学問や文学・芸術の世界で官界における出世をめざすほかなかった父祖を持ち、幼年期からそのような父親の熱心な教育を受けて、当時の女性としては異例なほどに高い教養を身につけていた女性たちばかりだったことです。藤原家を中心とする門閥政治の、いわば思いがけない副産物の一つが、平安朝女流文学の隆昌だったのです。

しかし、これにはもう一つの重要な条件が加わっていました。長い平和を達成した平安王朝においても、なぜ一条天皇の時代においてとりわけ女性文学が隆盛をきわめたかという事情の、少なくとも主要な一因を説明するものは、この条件でありました。

それは一条天皇の後宮の性質に関わることです。すなわち、この天皇の時代に日本の後宮制度に新しい要素が加わりました。「一帝二后」と呼ばれる制度です。一条天皇は最初藤原道隆の娘定子(ていし)を皇后としましたが、やがて道隆の弟道長の娘彰子(しょうし)をも皇后とします。この二人の従姉妹同士の皇后は、共に美しくかつ才智ある女性でした。それぞれの周囲には、当代の代表的な才媛たちがひしめくように集まって、華やかなサロンを形造ったのです。

定子の後宮の中心人物は才気煥発の清少納言でした。彼女は定子歿後に、美しくも短かった皇后の栄華の時代をたたえるために『枕草子』を書いたと考えられています。この作品の中には、定子の後宮の日常生活が余すところなく魅力的に書かれていて、非常に面白い平安朝の後宮生活の記録となっています。

一方、彰子の後宮には、紫式部、赤染衛門、和泉式部らが仕えました。それぞれが抜群の文学的才能をもつこれらの女性が、女官として自分たちの主人である彰子に仕えていたのですから、まさに百花繚乱の趣きがありました。

当然彼女らは互いに友人であると同時に強力なライヴァル同士でもありました。しかし、ライヴァル関係といえば、その最大のものは、言うまでもなく定子の後宮と彰子の後宮とのそれでした。後宮には男性貴族たちがひんぱんに訪れてきますから、彼らの口を通じて後宮に関する噂はたちまち広く伝播します。その意味では、後宮の女性文学者たちのあげる文学的成果は、結果として彼女らの仕える女主人の評判を左右するだけでなく、その父親の社会的・政治的名声にまで影響を及ぼすこともあり得ました。従って、彼女らは、表面ではあくまで優雅な後宮生活を営みながらも、実情としては互いに激しいライヴァル意識を持ち、すぐれた文学作品を書くことに情熱を燃やし、使命感さえいだいていたのです。そのことは、紫式部が書き残した日記の中にある他の女性たちの作品についての鋭い批評を見るだけでも、はっきりわかります。こういう環境が、結果として、比類ない輝きを発する一群の女性文学作品を産ませる原動力になりました。

定子皇后は一条天皇に深く愛されましたが、年若いうちに病歿しました。その後宮は解散し、清少納言の生活もその後は激変しました。『枕草子』は定子ありし日の栄華を再現すべく、彼女が後宮を退いてまもないうちに筆をとったものと考えられます。定子の父道隆に代って、彰子の父道長が繁栄の絶頂期を迎えたのも、こういう事情によっています。彰子の産んだ皇子たちは、やがて相次いで二人の天皇となります。道長は絶対的な権力を手に入れたのでした。

五

和泉式部がその恋愛生活によって一世に名高い女性となったのは、こういう時代と環境の中においてでした。

彼女についての有名なエピソードにこんなものがあります。ある貴族が、彼女から贈られた扇を自慢げに見せびらかしていたところ、通りかかった最高権力者の藤原道長がそれを手にとり、その扇に「うかれ女(め)の扇」と落書きしたというのです。このエピソードは、彼女の恋多き女としての評判がいかに高かったかを示しています。

すでに何度もお話ししたように、平安時代には、男女の生活環境における相互の独立性が、男女別居のおかげで比較的強かったため、自由恋愛過剰時代とも言える一面を持っていました。そのような時代にあってさえ、「うかれ女」、つまり美しき尻軽女というあだ名を最高権力者から奉られたということは、彼女の情事がいかに人々の注目のまとだったかを示しています。

道長はもちろん自分の娘彰子に仕えている有名な歌人である和泉式部とは知り合いでした。その才能も高く評価していました。「うかれ女」という言葉は、悪意から出たものではなく、むしろ親しみをこめた揶揄の気持ちの表われだったでしょう。

このエピソードは、不思議な魅力をもって男の心をとらえるこの美しい歌人に対する強いエロティックな関心を、道長が最高権力者らしい率直なやり方で示したものと考えられます。

和泉式部は数多くの男と恋をしています。そのことは彼女の残した歌によって知ることができます。もちろん彼女は正式に結婚もし、後に有名な歌人になる娘をもその結婚によって得たのですが、他の男性との情事が原因で、愛していなかったわけではない夫から離縁されてしまいました。この時の情事の相手は、先代の天皇(冷泉天皇)の皇子為尊親王だったのですから、評判にならざるを得ませんでした。

彼女の恋の歌を以下に紹介します。

あらざらむこの世のほかの思ひ出に
いまひとたびのあふこともがな　　和泉式部

この歌には作歌事情を説明する題があります。「いつになく病いが重いのを感じて、愛する人に送った歌」というのです。大意は次のようなものです。「私が死んであの世に行ってしまった時、この世のことを思い出す唯一の手がかりとして、もう一度だけでよい、ぜひともお逢いしたいのです。」

つまり、この歌は死後の自分を想像し、その自分が喜ばしい思い出を持ち得るように、最後の逢引きをもう一度ぜひともしてくれと相手の男に望んでいるのです。

当時は仏教思想の影響によって、死後の世界を想像することはかなり一般的な習慣となっていましたが、和泉式部の思想はそのような一般的仏教思想の常識をもののみごとにくつがえしています。なぜなら、本来の仏教的立場からすれば一刻も早く捨て去るのが当然である愛欲への執着を、死んだ後にまで引き摺ってゆくことを積極的に望んでいるからです。

もの思へば沢の蛍もわが身より
あくがれ出(い)づる魂(たま)かとぞ見る
和泉式部

この歌も事情のある歌です。ある時男に忘れられて、その嘆きをいやし、また男の愛情の復活を願って、京都の北方、山岳地帯にある貴船(きぶね)神社に何日間も籠もって神に祈っていた時の歌だといいます。大意は――

「われを忘れて物思いにふけっていると、ふと水辺の蛍が頼りなげに明滅して目の前の川を飛んでゆく。あれは、憧れのため居場所もわからなくなり、わが身からさまよい出て彷徨している私自身の魂ではないかと思う。」

こういう歌を見ると、和泉式部は恋愛に集中する余り、一種の幻視家(ヴィジオネール)にまでなってしまう性質があったのではないかと思われます。

しら露も夢もこの世もまぼろしも
たとへていへば久しかりけり　　　　和泉式部

この歌にも、ほんのわずかな間だけ恋愛関係を結んだだけの男に贈った歌という説明の題があります。ほんの短い間だけしか逢えなかった男ですが、歌から想像すると、和泉式部は彼に強い愛着を感じ、あのような短い逢瀬では自分の思いはとうてい満たされはしなかったと男に訴えているのです。すなわち歌の大意は——

「白露も、夢も、現世も、幻影も、すべて儚いものの代表のようなものだけれど、それらでさえ、たとえて言うなら、久しく永続するものでありました。私たちのほんのつかのまの逢瀬にくらべたなら。」

「たとへていへば」などという論理的な表現は、元来優美を理想とする和歌ではほとんど使われ得ない言葉でした。そういう大胆な言葉使いを駆使して、和泉式部は自分の恋情の一層強烈な表現を求めたのです。ある意味では余裕ある優雅な恋の歌こそ、社交生活のきわめて重要な潤滑油であったような時代に、和泉式部は命を賭けて悔いないほどの真剣さをもって恋愛をしたと考えられます。彼女が恋多き女になったのも、彼女が理想的な恋を求めてさまよう魂そのものだったからと考えることができます。

今あげた「しら露も夢もこの世も」の歌を例にとっても、こんなに切迫した恋の思いをぶつけられた相手の男は、いったいどんな返し歌を作ったことでしょうか。礼儀からしても返歌は必ず必要だったのですが、女のひたぶるな情熱を前にしては、適当にごまかして逃げ出すしかなかったのではないかとさえ想像されます。

実際、和泉式部の歌は、平安時代においてよりも、むしろ後の時代になるにつれて、しだいに高く評価されてきたのです。それはまた、公式の要素の強い勅撰和歌集に採られた彼女の歌よりも、とうてい勅撰集には入らないような喜怒哀楽の直接的表現の歌を全部収めている彼女の個人歌集『和泉式部集』の方が、後世大いに尊重されるようになったことと軌を一にしています。

それに関連して、和泉式部の生涯における最大の恋愛事件について触れておかねばなりません。それは先に少しだけ言及した為尊親王の弟、敦道(あつみち)親王との恋愛です。つまり彼女は、天皇の皇子である人を、二人まで恋人にもったのでした。

為尊親王との恋だけでもすでにスキャンダルとして十分でした。夫の橘道貞(たちばなのみちさだ)からは離別され、式部の父である儒学者大江雅致(まさむね)も娘を勘当してしまいます。ところが、為尊親王は二年ほどして流行病にかかって死んでしまいます。悲しみに沈んでいる彼女の前に現れて、はじめはおずおずと、不器用に求愛してきたのは、為尊親王の弟敦道親王でした。

和泉式部は兄の為尊親王よりも五歳くらい年上だったと思われます。敦道が彼女の恋人になった時、彼は二十三歳くらい、彼女は三十歳くらいだったと思われますが、はじめは子供扱いしていたこの年若い皇子との恋愛は、やがて双方が熱愛し合う関係となりました。敦道親王は男たちに人気の高いこの有名な女性と、別々に住むことさえ我慢できなくなり、強引に彼女を自分の邸内に住まわせてしまいます。

このため、親王の正妃は、屈辱に耐えず、邸を去ります。

当然、二人の情事は都を揺るがす派手なスキャンダルとなりました。そのスキャンダルに抗するように、親王は彼女を愛人としていることをわざと世間に広く知らせるような行動さえとりました。彼女はそれを辛いと思う折りもしばしばあったようですが、それをも越えて自らもこの若い恋人を情熱的に愛したのでした。

しかし、何たる不運か、この眉目秀麗で誠実な男だった敦道親王も、四年余りして急病に冒され、死んでしまうのです。彼女の嘆きは容易に想像できます。彼女は親王の死を悲嘆する挽歌を百二十四首作りました。これらの挽歌は、数多い彼女の歌の中でも一つの頂点をなすものでした。それはまた、日本詩歌史の中でも、一つの頂点をなしていると言えるものでした。

黒髪の乱れも知らず打伏せば
先づ掻き遣りし人ぞ恋しき
和泉式部

平安朝の貴族社会の女たちの髪は、現代とは較べものにならないくらい長かったものでした。その黒髪は、ふだん寝ている時にはきれいに整えられて枕の上部にうずたかく静もっていました。この歌ではその大切な黒髪が褥(しとね)の上にうち乱れているというのですから、当然情事の後の情景だろうと想像されます。和泉式部は、その時、すぐに自分の髪をいとしげに掻き撫でてくれたあの人が、恋しくてならないと歌っています。肉体のなまなましい記憶につながるだけに、死者への哀しみは痛切です。

君恋ふる心は千々に砕くれど
　一つも失せぬものにぞありける
　　　　　　　　　　　　　和泉式部

ここにも和泉式部の歌の特長である論理的性格が見られます。亡くなったあなたを恋する心は、千々に砕け散ってしまった。けれど、砕けた破片一粒ずつの中に、私の恋い慕う心がこもっているから、結局あなたへの恋心は、一つも失われてしまうことはない、というのです。

捨て果てむと思ふさへこそ悲しけれ
　君に馴れにしわが身と思へば　　　　　和泉式部

「もはや生きている甲斐もない。仏門に入って世を捨て、尼僧になってしまおう、と思うにつけても一層悲しくなる。なぜなら、捨ててしまおうと思うわが肉体こそ、恋しいあなたがあれほどにも愛してくれた大切な肉体であるのだもの。」

このような歌は、同時代のどのように才能豊かな女性詩人も、決して作ることのできない種類の、自己執着的かつ自己省察的な歌でした。

和泉式部の歌は、こうしてほとんど哲学の域に達します。

はかなしとまさしく見つる夢の夜を
驚かで寝る我は人かは　　　　　和泉式部

この歌は、今言った哲学的性質を帯びた歌の一つと言えるでしょう。

「この世は儚いものだということを、私はこの目でよくよく見てしまった。それなのに、そんなに儚い夢のような世の中にあって、私は驚きもせず、夜がくればぐっすりと眠っている。これでも私は人間といえるのだろうか。」

この歌の結句「我は人かは」という問いは痛切です。和泉式部の中には、たしかに、現象の世界に生きて息をしている彼女自身を、もう一人の、いわば本質的な世界に住んでいる別の彼女自身がじっと見つめていて、あの平然と夜になれば眠っているる女は、一体人間なのか、と問うているのです。

私は十一世紀初頭のころ、このような思索的な恋愛詩を作っていた女性詩人が、全世界の詩史の中ではたしてほかにどれくらいいたか、考えてみると興味深い事だと思います。

六

私は最後に、十三世紀最初の年に四十九歳くらいで歿したと考えられている女性詩人について手短かに語ろうと思います。出身階級からしても経歴からしても、もちろん作品のスタイルからしても、これまでに取りあげた笠女郎や和泉式部とはきわめて異なっていた詩人、すなわち式子(しょくし)内親王です。

彼女は平安時代の最末期に出現し、繊細きわまる感受性によって、孤独な精神の内面風景を、あたかもエッチングの鋭い刻線で刻んだかのようにくっきりとかたどって歌った特異な歌人でした。

内親王は後白河天皇の皇女でした。異腹の兄に二条天皇、弟に高倉天皇があり、同腹の兄にはすぐれた僧侶歌人守覚法親王(しゅかくほうしんのう)や、平家との戦闘で敗れて戦死した以仁王(もちひとおう)があり、また式子を含めて四人の姉妹の内親王がありました。母方の親族には勅撰和歌集に作品が採録されている著名な歌人がたくさんいましたが、彼女自身の才能は中でも抜群でした。

彼女の同時代に、『古今和歌集』と並んで日本和歌史上輝かしい位置を占めるもう一冊のアントロジーが編まれました。『新古今和歌集』です。この詞華集に、彼女は四十九首採られています。女性では断然第一位で、二位の女性詩人は二十九首にすぎません。それでももちろん非常に多いのです。集全体としても、九十四首採られている特別扱いの大詩人西行をはじめ、重要な男性詩人四人に次ぐ位置にあり、いかに彼女の作品が重んじられていたかがわかるのです。

すでに平安時代の政界や文化界を完全に押さえていた藤原家の全盛時代は去り、地方の豪族から興った新たな階級、すなわち武家が、天下に号令をかけようとして戦乱に次ぐ戦乱をひき起こす血まみれの時代が始まっていました。天皇家といえどもこの潮流に超然としているわけにはいきませんでした。

式子の父後白河天皇は、歌謡を唱うことを異常なほど好み、平安時代に広く歌われていた仏教や神道関係の歌謡、またきわめて生き生きと興味深い民衆の生活を活写した民間風俗の歌謡を集大成した、一大アントロジー『梁塵秘抄（りょうじんひしょう）』を編纂した偉大な功績者でありました。その一方で、勃興してきた荒々しい武家勢力や、旧来の権力者たる藤原家の指導者たちを相手に、まさに権謀術数ただならぬ生活を送った天皇でもありました。

そして、式子内親王は、伯父にあたる崇徳(すとく)天皇、兄の以仁王、甥にあたる幼い安徳天皇などの親族が、次ぎ次ぎに陰謀や戦乱の犠牲になって非業の死をとげてゆくのを、沈黙したまま見守るほかない一皇女にすぎませんでした。孤独で瞑想的な女性詩人が誕生する条件は、これだけでもすでに十分ありましたが、彼女はその上になお、少女時代から十年以上の間、天皇家の守護神である賀茂(かも)神社に、斎院(さいいん)という神聖な役目の処女として仕えねばなりませんでした。

斎院は、いわば天皇の身代りとして神に仕える存在であり、その地位にある間は俗世間から完全に隔離された浄らかな生活を送らねばなりません。式子内親王は、こうして、青春時代からそれ以後に至るまで、普通の女としての生活は全く経験していないのです。もちろん恋愛などする機会も長い間ありえませんでした。

それだけに、彼女が作った歌で最も有名な作が、つらい恋を耐え忍ぶ意志をうたった恋歌であったことは、まことにドラマティックなことでした。

この歌は、実はフィクションです。多くの歌人が、与えられた多数の題のもとに競って歌を詠むという、当時しばしば行われた詩歌の宴(うたげ)において、彼女が「忍恋(しのぶこい)」の題によって作った作品なのです。

「忍ぶ恋」とは、決して人に知られてはならない恋のことです。最も重要な点は、恋をしている当の相手にさえ、自分の恋を隠し通さねばならない点です。普通なら、自分が恋していることは真先に相手に知れるのが望ましいでしょう。しかるに「忍ぶ恋」にあっては、その男あるいは女は、わが身を焼きつくすほどの恋情に焦がれながらも、すべてを自分の中に秘め隠してしまわねばならないのです。そうすることによって、相手に対する限りなく純粋な憧れを保ち続けることができるからです。

恋心はもちろん外に噴出しようとします。しかしそれをあえて抑え続けねばならない。この矛盾の中に、恋愛の最も激しく、美しく、切ない本質がある、というのが「忍ぶ恋」の論理なのです。

さて、その歌——

玉の緒よ絶えなば絶えねながらへば
　忍ぶることの弱りもぞする

式子内親王

「玉の緒」とは、元来宝石をつらぬいた糸あるいは紐の意ですが、転じて「いのち」をつなぐもの、さらに「いのち」そのものを指します。歌の大意は、「わがいのちよ、ふっつりと切れるなら切れてしまってくれ。もしこのまま生き永らえているなら、苦しさに耐えてこれまで包みかくしてきた私の恋が、ついには忍びきれなくなり、人々にもわかってしまうかもしれないから。」

式子内親王をめぐる伝説の一つに、十歳くらい彼女より年下だった当時最高の歌人藤原定家との間に、秘密の熱烈な恋愛関係があったと想定するものがあります。その伝説は必ずしもまったくの妄説とも言いきれないところがあります。式子は定家の父である大歌人藤原俊成を和歌の師と仰ぎました。俊成の有名な歌論書『古来風躰抄』は彼女の求めによって書かれたものでした。そういう関係で、定家もある時は父に伴われ、またある時は単独で、しばしば内親王のもとに伺候(しこう)し、親しく語り合ったことがあるのです。

二人が実際に恋人であったという証拠は何もありませんが、式子が亡くなってから定家の歌の創作力がいちじるしく減退したことなどは、彼の側に内親王への強い恋慕の思いがあったことを物語るものかもしれません。少なくともそのような空想を刺戟する要素があったため、後世の能楽などでも、二人の間の激しい恋愛伝説を主題とする演劇作品が書かれたのでした。

「玉の緒よ絶えなば絶えね」と詠んだ熱烈な忍ぶ恋の歌の作者には、こうした伝説は決して不似合いではなかったと言えます。

内親王の歌から、もう一首だけ引用して、この章のしめくくりにします。

見しことも見ぬ行末も仮初(かりそめ)の
枕に浮ぶまぼろしの内　　式子内親王

実に寂しい歌です。しかしまた、実に心を深くとらえる歌でもあります。歌の大意は、「自分が今まで体験してきたことも、まだ知らない行く末のことも、すべて儚いその時限りの枕に浮かぶ、幻影の中にあるのだ」というのでしょう。

孤独な魂はこのような歌の中でひたすら自己の内面に閉じこもってゆくようです。それはしかし、単に滅びゆく高貴な階級に属する女性の、宿命的に陥らねばならなかった孤独な境地にすぎなかったでしょうか。

唐突な連想かもしれませんが、今の「見しことも見ぬ行末も」の歌を、たとえば現代の大量殺戮戦争や飢餓と伝染病のまんえんする不幸な地方で生き残った男あるいは女の述懐として見るなら、それはそれで一つの戦慄的な現代の抒情詩でありうるでしょう。

このようなことは、式子内親王の歌が、単なる時代的、階級的限定を超えて、人間の普遍的なヴィジョンの世界にまで、その触手をのばし得ていたことを物語るものだと言えるのではないでしょうか。

和歌という形式は、きわめて短い形式ですが、そのほとんど溜息にすぎないような形式にも、深い人間の真実はとらえうるのだということを、以上三人の女性歌人の作品は語っていると考えます。

式子内親王の歌については、次章でもあらためて取り上げます。

四　叙景の歌

なぜ日本の詩は主観の表現においてかくも控え目なのか？

一

私は前章で式子内親王の歌をとりあげましたが、その数は二首に過ぎませんでした。今回は別の式子内親王の歌を出発点として、日本詩歌のきわめて特徴的なジャンルである叙景詩の問題について考えてみようと思います。まず彼女の歌を読むことにします。

跡もなき庭の浅茅（あさぢ）にむすぼほれ
　露のそこなる松むしのこゑ
　　　　　　　　　　　　式子内親王

表面的に見ればこれは、秋の淋しい荒れはてた庭の片隅で、露の底に沈んだように忍び鳴いている松虫の声を詠んだ歌です。一首の大意は、「人の訪れた形跡もない庭の、背の低い雑草のあいだで、結んだ露にみずから結ぼれて、その露の底から低く響いてくる、松虫の声よ」というような意味でしょう。

しかしもちろんこの歌はただそれだけのことを言っているものではありません。「跡もなき」というのは、足跡も絶えたこと、つまり男が訪ねても来なくなった女が主人公であることを意味しています。この歌は、表面の意味の下に、男に忘れられ捨てられた女の嘆きを、隠しているのです。「松むし」とは、日本の秋の庭でしきりに鳴いている上品な鳴き声の虫ですが、日本語の「マツ」という発音は、樹木の「松」、「松虫」の「松」を意味すると同時に、動詞「待つ」をも意味するのです。したがって、この歌の「松虫」の語は、同音の縁で「待つ虫」ともなり、男を待ちわびている女のイメージが自然にそこに託されているのです。また、「結ぼほれ」という動詞も、ひとつには露が結ぶことを意味しますが、同時に、心が鬱屈して少しも開放されないことを意味する語です。さらに、「露」という語も、涙を暗示するとるのが、日本の詩の修辞では普通のことでした。

つまり、これは表面的には秋の淋しく荒れた雑草の庭で、露に濡れそぼちながら低く上品な声で鳴いている虫を詠んでいる歌ですが、同時にそれは、男に捨てられた、松虫の声のように美しく上品な女が、今なお彼の訪れを心待ちにしながら、ひっそりと涙にくれている姿をもえがいているわけです。

少し立ち入って説明するなら、和歌は五七五七七の短い詩型ですが、日本人はこれをできるだけ豊かに響かせるために、一つの語の意味を二重に、場合によっては三重にも重ね合わせる技法を編みだしました。その場合、子音と母音の単純な組合わせを基本とする日本語の音韻構造は、同音異義語を大量に生み出すという特性のため、かえってこの目的には非常によくかなったのでした。「懸けことば」とか「縁語」とかの和歌独特の技法がこうして生まれました。式子の歌の「むすぼほれ」、「露」、「松むし」などの言葉はみなそれです。

いずれにせよ、こうして、一見単純な風景描写でありながら、実は一人の女あるいは男の心のひそかなたたずまいを裏側の真の意味として表現しているような歌は、古典和歌では普通に見られる一つの常套でさえありました。それは言ってみれば、わかってくれる人にだけ秘密を開いて見せる、一見さりげない風景であり、しかも風景としてだけ見てもそれなりに人を満足させるだけの美しさはそなえているという詩法でした。

当然そこには多くの約束事が生じ、瑣末な形式主義が膨脹し、素朴な感動よりは、やたらに知識をふりまわす物知りの通人趣味が重んじられるような事態となりました。近代に至って、このような詩の技法と詩自体との矛盾は覆いがたくなり、その結果、目立ちやすい「懸けことば」のような技法は捨てられました。

しかし、式子内親王のころには、もちろんこうした技法は十分に生きて働いていました。彼女はこうした技法を駆使して、虚構の世界で恋する女を描き、秋の虫の声と見捨てられた女の悲しみの涙とを一首の和歌の中で同時に描きだしたのでした。この場合、彼女自身がこの廃屋同然の家に住む女であるということは必要ではなく、ただ与えられた題によって想像裡にこういう一人の女の環境を想い描き、その女にふさわしい風景と、内心の悲しみとを、同時に一首の短い歌の中にきざみこむだけでよかったのです。しかもなお、読者たる私たちは、あのみじめに打ち捨てられた女の心の中には、高貴な孤独の人式子内親王自身がいたのかもしれないと想像することも許されているのです。

すなわち、日本の古典和歌では、歌われている作中人物と作者自身は同一であるのが当然という近代的なレアリスムは、自分の生活を直接叙述し、人生観をのべるといった限られた場合を除けば、ほとんど存在しなかったのでした。歌人とは、想像力の世界で容易に他人に成り変ることもできる人のことでした。しかも、そのような能力を駆使しつつ、作品の奥底に作者自身のまぎれもない個性的な思想、感情が生き生きと表現されているとき、その作者たる女性あるいは男性の歌人は、幅広く柔軟な才能をもった一流詩人と見なされたのです。

式子内親王は、そういう詩人の一人でした。彼女は十分な資格をもって、「この見捨てられた悲しい女、これは私だ」と言い得たのです。

「題詠」、すなわち、前もって与えられた題によって和歌を詠むという制作方法は、和歌が漢詩から受けついだ詩法の一つで、きわめて長いあいだ実行されたものでした。現在でも、その心構えのある人々の間でなら、短歌(和歌と形式は同じものです)においても、俳句においても(特に俳句では頻繁に)、これが実行されています。この制作方法の最大の特徴は、作者が想像力によって一つの詩的現実を言葉にまとめあげるところにあります。詩的技術の鍛錬という面ではきわめて実りある方法ですが、先に申しあげたように、十九世紀末の近代レアリスムの勝利とともに、この方法は半ば忘れ去られてしまいました。しかし、近代詩歌の発展以来一世紀たった今、レアリスムの技術にも行き詰まりが生じていることは明らかで、何らかの意味で再び想像力をもっと自由に駆使しうる短歌、俳句の方法を再発見せねばならなくなっている、というのが現状です。

二

さて、私はここで、式子内親王の歌が、表面的にはさびれた秋の庭に鳴く虫を描いていながら、実際には、その風景と重ね合わせに、男に捨てられた嘆きに沈んでいる一人の女の面影をも、同時に呼び出していたという二重性について、さらに深く考えてみたいと思います。

ある風景を描写することが、そのままの形で、ある内面世界の叙述になっているという性質の作品は、実をいえば、日本の風景詩あるいは自然詩とよびうる重要なジャンルの、根本をなしている性格なのです。

ご存知の通り、俳句は日本の詩で最もよく知られている詩型ですが、これは今言った「自然詩」の代表的なものです。俳句の最も重要な存在理由は、五七五というわずか十七音の句の中で、必ず最低一つの「季語」を用いるという点にあります。季語はより古くは「季題」ともよばれ、今なおその言葉も生きております。これらはいずれも四季の言葉、四季の題目という意味です。

一つの俳句作品を四季に結びつける結び目が、すなわち季題であり、季語でありますと。たとえば単に「風」と言ったのでは季語・季題ではありません。しかし、これを限定して、「春風」「風薫る」「秋の風」「北風」とすれば、それぞれ春・夏・秋・冬の季題となります。この場合、風が「薫る」と思えるのは、決して初夏だけのことではなく、春にも秋にも風は「薫る」ということが言えますが、これを夏の季語と定めたのは、日本人の感覚では、四季それぞれに吹く風のうち最も代表的に快く「薫る」と感じられる季節は、初夏だったからであります。日本列島の気象条件によるものでした。同じく、「北風」を冬の季語としたのは、冬の北風こそ、「北から吹く風」の性質を最もよく代表すると考えたからでした。つまりそれらは、いわば文化的な次元でとり決められた約束事なのでした。

「秋の風」という季語については、作品を例にあげて説明してみます。

石山の石より白し秋の風　　松尾芭蕉

松尾芭蕉の有名な紀行文『おくのほそ道』の中にある句です。珍らしい岩石がたくさんある田舎の古寺の境内の、何もないひろがりに感動して作った句ですが、句の内容は一風変っています。現実の寺の建築物や植木などをほめるのでなく、淋しい石の庭を吹き渡る秋風の、「白さ」を言っているだけだからです。

この句の大意は、「今自分が向かい合っている石山の肌は、しらじらとして何もない。そしてそこに蕭条と吹きつける秋の風は、色のないこの石山の白さよりも、さらに白い」というのです。芭蕉は「秋の風」を、色なき石よりもさらに色なきものと言い、しかもそれを言うだけで一篇の詩としているのです。芭蕉はこのようにして、彼の好みの風景が、いわば「無」の世界に限りなく近いものであったことを言外に語っていると言えるでしょう。つまり、ここでも、外界の風景描写が、そのままで詩人の内面のいわば象徴となるという、さきほど式子内親王の歌について見たのと同じような原理が、作品を貫いているのです。

しかもこの作品の背景には、中国の伝統的色彩観に由来するひとつの観念も横たわっており、このわずか十七音の短い詩の内部構造を豊かにしています。すなわち、古代以来の日本に大きな影響力をもっていた中国の哲学的世界観によれば、春・夏・秋・冬は、方位においては東・南・西・北に対応し、色彩においては青・赤・白・黒に対応するのです。これによれば、秋は白です。芭蕉の句はそういう観念連合をも、おそらく背景にもっていたと思われます。

いずれにせよ、日本の抒情詩にあっては、和歌にせよ俳句にせよ、外界の描写を内面の表現と一体化させようとしている場合が多いのです。もちろん、すべての和歌や俳句が常にそうであったわけではありませんが、少なくともそういう傾向が顕著であることは明らかな事実です。

三

しかし、実をいえばこれは決して不思議なことではありませんでした。いくら強調してもいいことですが、日本の古典的な詩の形式は、きわめて短いのが特徴でした。多少長い和歌でも、三十一音、俳句はわずか十七音しかありません。この短さでは、単なる外界の写実的描写に終始する作品は、ほとんど全く詩としての実質をそなえることができないうちに終ってしまいます。それは散文の一節にも劣るかもしれません。しかも日本語では、西欧の詩や漢詩において不可欠の修辞法である「押韻」というものが、先にのべたような母音・子音の単調な交替という言語構造からして、恒常的、普遍的価値をもつ修辞としては成り立たないのです。日本語では、詩を詩たらしめる修辞的条件は、「押韻」ではなく「音数律」でした。一定の音数によってリズムをとるだけの単純な修辞法です。

さらに、詩型の短さからしても、目に見え、耳に聞こえる形での押韻のような、明確に識別できる修辞法の存在理由は、あまりなかったのです。

こうして日本の和歌や俳句における独特な詩法が、必然的に、生じたのでした。それは、目に見える外界の事物を、混沌たる内部世界の比喩、あるいは象徴として、いわば主客未分の状態において表現することです。もしこの方法をみごとに駆使するなら、和歌あるいは俳句のような、外見的にはひどく短い詩型でも、見た目の短さに比して、与える情緒においては多義的で深い、言葉の構造体が、生み出されうるはずです。実際、古代以来の和歌の歴史をふり返ってみれば、詩人たちはこの単純な韻律構造の、まことに短い詩型を、いかに複雑な味覚をたたえたものにまで鍛えあげてゆくかについて、時代ごとにさまざまな苦心を重ねていたことがわかります。

さきにのべた「懸けことば」のような技法にしても、まさにその工夫の一つにほかなりませんでした。

このため、必然的に、「美」というものは、単に外部に明瞭に現れている色彩や形の美醜によってだけではなく、簡単には測りえない深さや高さや滲透度という尺度によって測るべきものとなります。

四

そのことに関して、ここで若干、日本の詩歌や芸術一般を貫いている「美の原理」というべきものについて、私の考えをのべておきたいと思います。

目に見える形の美醜は、客観的判定もある程度可能な領域に属しています。しかし、美の深さや高さ、あるいはどれほど人に滲透したかということについては、客観的判定のための尺度など存在していません。それを測定するためには、人はそれぞれ、自分自身の心の深さや高さによって測る以外にありません。都合のいい出来合いの美醜判定の物差しは存在しないのです。

対象の美は、不変のものとして常に明確にそこにあるのではなく、こちらの心の深さ、浅さ、高さ、低さに応じて、深くも浅くも、高くも低くもなる、というのが、日本の伝統的な考え方だったと私は思います。

このことは、日本の詩歌について言いうるだけでなく、まさにそのまま、日本の絵画、音楽、演劇その他についても言えるのです。そしてそのすべての美学の中心は、和歌の美学でした。

美を創造し、また美を享受し鑑賞する上で、このような特質をもっている日本の芸術においては、その中で最も敏感に働いている感覚も、たぶん西欧の場合とは多少違うだろうと思われます。すなわち日本では、視覚、聴覚というすぐれて計測可能で分節化可能な感覚よりも、人体のより深く暗い内部でうごめいている触覚、味覚、嗅覚といった感覚の方が、一層重んじられてきたのは確かだと思われるからです。

これらの感覚器官は、いわば暗闇の中で一層鋭くとぎ澄まされるという性質を共有しています。視覚や聴覚のようには明快に分節化できず、したがって精細に識別することができません。また、個人差も非常にあるらしい。味覚はとりわけそうであるようですが、触覚、味覚、嗅覚いずれも、暗く、深く、不分明な性質において共通しています。それらは、鋭くとぎ澄ましてゆけばどこまででも鋭敏になりうる感覚ですが、それを外側から正確に測ることはできません。しかし、どの感覚も極めて確かな存在感をもち、私たちを、ある意味では視覚や聴覚よりも一層深くとらえ、動かすところのある感覚です。

それはだれでも知るように、とりわけ恋愛において、明らかに自覚される事実です。

五

私はここで、日本の和歌の主題のうち最も根本的、中心的なものは、何よりもまず「相聞(そうもん)」、すなわち「男女間の恋情を互いに詠じ合う」ことにあったという事実を、あらためて強調すべきでしょうか。

古典和歌において、恋愛は常に最初にして最重要の主題でありつづけましたが、私は前章ですでに恋愛の主題については論じました。ここでは、当面の話題との関連において、触覚や味覚や嗅覚が最も鋭敏かつ活潑に働く分野こそ、ほかでもない恋愛という分野であることに注意を喚起しておこうと思います。

少なくとも和歌にあっては、一方では恋愛、他方ではこれらの暗く深い感覚が、いわば双生児さながらわかち難く結びついているのです。

それを示す作品は枚挙にいとまないほどですが、ここでは有名な次の和歌をまず引いておきます。『古今和歌集』の「春歌」の部にあります。

はるの夜梅の花をよめる
春の夜のやみはあやなし梅の花
色こそ見えね香(か)やはかくるる
凡河内躬恒(おおしこうちのみつね)

これは梅の花が開く早春の夜を詠んだ歌で、その大意は、「春の夜の闇というやつは、何とも理屈に合わないものだ。梅の花を暗闇によって覆い隠しているけれど、なあに見えないのは色ばかり、香りの方は高く香って、花の所在をあらわしてしまっているではないか」という意味です。

つまり、闇夜でもひときわかんばしく香っている梅の芳香をたたえている歌です。『古今集』では「春歌」の部に編入してあるので、このアントロジーの編者たち自身、これを「春」の季節の歌と公式には見なしていたわけです。しかも、四人の編者の一人は、ほかならぬこの歌の作者自身でした。

しかし、公式の措置にだまされてはならないでしょう。分類はひとつの目安にしかすぎません。作品そのものが語っていることは、公式のレッテルよりも豊かな内容です。つまりこれは、巧妙に偽装された恋歌だからです。

この歌では、一方に香り高い早春の梅の花の芳香があります。梅は桜とともに当時最も愛された花木でした。他方に、その梅花をことさら覆い隠そうとしているものがあります。すなわち夜の闇です。この対立の構図は、一方では男に恋されている若くて美しい女、他方では彼女に接触しようとやってくる男を妨害している者、つまり彼女の保護者たる母親や乳母、という対立の構図の隠喩にほかなりません。ですから、この歌の主人公(話者)は、恋しい女の「色」は邪魔者たちによって隠されてしまったが、それでも彼女の「香り」は、彼女の存在を雄弁に示しているではないかと、あきらめきれない思いを訴え、かつ女を賛美しているのです。
別の有名な歌人の歌を、同じ「春歌」の部から引きます。

春のうたとてよめる
花の色はかすみにこめて見せずとも
香(か)をだにぬすめ春の山風
良岑宗貞(よしみねのむねさだ)

作者は後に仏門に入り、剃髪して遍照(へんじょう)という名に変りましたが、在俗時代は宮廷社会の知性豊かなダンディーだった貴族です。この歌の場合にも、題にわざわざ春の歌であるむねがしるされていますが、本当は恋の歌でしょう。こちらでは花は桜の花です。大意は、「花が美しく咲いた。春という季節がその花々を霞で覆いかくして、色を私に見せないようにしているが、それならせめて、香りだけでも盗んでここまで運んで来い、春の山風よ」というのです。両者の歌とも、嗅覚がきわめて重要だったことを物語っているのはまことに象徴的だと思います。

いずれにせよ、この歌も凡河内躬恒の歌と全く同じ構図であるのがおわかりでしょう。前にものべましたが、深窓の令嬢と彼女をかたく守っている母親あるいは乳母という構図は、平安時代の貴族社会にあってはきわめて普遍的なものでした。恋する男は、彼女らのかたい防衛線を突破して、めざす乙女の「香」を奪いとらねばならなかったのです。

そのため、恋の歌そのものが、そういう状況によって影響を受けざるを得ませんでした。つまり、恋する男は、多くの場合自分の恋情を公然と相手に訴えることができないため、必然的に恋歌を季節その他の別の要素で偽装し、ひそかに思いを洩らすという技法が大いに発達したのです。

このことには、当時の日本の求愛、婚姻の形式が現在とは異なり、男女が別々に住んでいて、夫は夜陰に乗じて妻のもとを訪れ、夜明けとともに彼自身の家へ戻るという生活様式が普通だったことと大いに関係があります。男も女も、現在自分に決まった配偶者がいるのかどうかさえ、秘密にしている場合が多かったのです。

そういう関係にあっては、第三者に対しては自分の恋愛の実態を隠しておき、一方恋の相手にだけは、いわば暗号めいた言葉で自分の思いのたけをたっぷり伝えるというのが、恋人たちにとって最も好ましい身の処し方であったでしょう。

もちろんこれは極端な場合を想定していますが、実際に即して言えばこれに類する話はいっぱいありました。私たちはたとえば『源氏物語』というロマンの中に、似たような男女関係の例をたくさん見出します。

このような場合、恋人たちの意思疎通の最重要の手段は、ほかならぬ和歌の贈答でした。相聞の歌が和歌の根本であったのもそのためです。

そして、恋人たちは、今のべたような制約のもとにあったため、当然それに見合った表現法を開発し、洗練させていったのでした。つまり、主語をぼかし、省略すること。物事を直叙するのでなく、譬喩や暗示によって、いわば徐々に滲透してゆくように表現すること。さらには、恋の歌であることさえ巧妙にぼかし、単に季節の景物や自然界のたたずまいを美しく叙述しただけと見えるような歌さえも、たくさん作られるようになります。自分の思う相手にさえ深い意味が伝わればいいのです。

あまつさえ、広く知られているように、日本語は、文章そのものに主語を欠く叙述がきわめて多いという特徴があります。とくに平安時代には、主語に該当する言葉(私は、あなたは、彼は等)を明確に言葉として表現することはほとんどありませんでした。たとえば西欧でなら「私はあなたを愛する」という文型になるはずの叙述も、「愛する」というだけで、その場のコンテクストによって、十分に了解できたのです。

そのため、日本語では、短く圧縮されていてその分だけ多義的な、意味の重層性に富んだ表現を容易に得ることができたのです。それは当然、きわめて暗示性に富んだ言語表現を可能にしました。

けれども、その同じ性質が、もう一つの大きな特徴、見方によっては日本語の重大な欠陥と考えられる特徴をも生み出したのでした。

すなわち、主語の不在ないしは限りない稀薄化です。私はこの特質が、単に古典日本詩歌の特質たるにとどまらず、日本の近代詩歌あるいは散文をも含め、日本人の表現意識全体を支配している重要な一特徴ではないかと考えます。そのことは、たとえば私自身の書いた詩作品のフランス語訳を見た時、ほとんどめざましいような感じで思い知らされる事実です。

六

言語の形式そのものの中で主語を明確に示さなくても、会話にはほとんど支障を来たさないという日本語の特徴は、日本人の言語意識全体のかかえている大きな問題を暗示しています。ある言語の文法的特徴は、その言語を用いている民族の言語意識の反映ですから、日本語の文構造において主語の存在が稀薄であるという明らかな事実は、そのまま、民族としての日本人の中に主語の意識が稀薄であるということを示しているでしょう。

私たちはこのことから生じる問題を、現代においてもたえず経験しています。日本人が、よほど例外的な人を除いて、おしなべて外交上の討論が下手であり、できれば議論を避けたいと本能的に望む傾向があることも、このことと深くつながっているると私は思います。主語を明確に発し、他者を明確に自分と区別し、主格たる自分の自己主張を断固として貫くという行き方は、日本人の言語意識を誕生以来たえず養っている「日本語」という揺りかごにおいては、あまり明確な形では育たなかったと考えられます。

このような言語的特質が、日本の和歌、とりわけその最重要のジャンルである恋歌の中に、いわば最も濃密に凝縮された形であらわれていたのだと、結局のところ言えるでありましょう。まさしく一民族の文化を最もよく要約して示すのは、その民族の詩歌です。それが日本の場合には、他の何にもまして、恋の詩歌であったわけですが、すでにくり返し触れているように、日本では、恋歌がそのままの姿で風景詩でもあれば自然詩でもあったところが、たぶん世界のどこにも見られない独自の性格だったのです。

これを裏返して言えば、日本では、風景や自然を歌う「叙景歌」は、じつは本来恋心を歌う「抒情歌」として機能すべきものである場合が多かったのです。『万葉集』や『古今集』のごとき、最も古い、それゆえ最も基本的な和歌の選集において、とりわけその性格は顕著です。

こういう叙景と抒情の一体化時代は、古くは七世紀ごろの和歌以来大いにさかえ、十二世紀末までの平安時代を通じて、衰えることがありませんでした。

七

風景を純然たる風景としてとらえ、その動きや静止、光と影の多彩な変化、季節の推移その他を、まさに十九世紀印象派画家の先駆者ともいうべきみごとな自然把握によって示してくれた一群の自然詩人たちが現れるのは、平安時代が幕を閉じ、武士を新しい主人公とする鎌倉時代が始まって約一世紀が過ぎた十三世紀末、十四世紀前半の時代です。

彼らの作品は、『玉葉和歌集』および『風雅和歌集』という二つの勅撰和歌集に収められていますが、その代表者である京極為兼（きょうごくためかね）、伏見天皇、その妃永福門院らの歌には、外光、外気のさわやかな感触の感じられる、自然の動的な把握による描写がありました。平安時代の叙景歌が、作者の内面風景そのものでもあるという、濃密な主観性によって塗りつぶされていたのに較べ、彼らの風景描写には、外界に吹きすさぶ新しい時代の風が吹き入っていました。

すなわち彼らの歌は、単に自然界を見る場合でさえそれを主観性の内側にかかえこんでしまうという行き方ではなく、逆に激しく変化する自然界の刻々の様相に対し、自ら精巧なカメラのレンズそのものになって写しとろうとするような、いわば客観主義的態度を、はっきり感じさせるのです。

主観性の内側にだけ閉じこもって、明確な主体と客体の区別さえない抒情の世界にひたすら包みこまれていた、平安時代の長いまどろみの時はついに過ぎ去りました。帝王も貴族も、新しい時代の激しい動きに翻弄されつつある自分たちの位置に目覚めざるを得なかったのです。それがたぶん重要な内的要因でしょうが、彼らの歌にうたわれる自然は、とりわけ活潑な動きに満ちていました。

伏見天皇の歌をとりあげて見ます。

宵のまの村雲づたひ影見えて
　山の端めぐる秋のいなづま
　　　　　　　　　　　　　　伏見天皇

歌の大意は、「宵に入ったころ空を眺めていると、あちこちにむらがっている雲を次々に伝いながら、ぴかぴかと光りつつ、秋の稲妻が山の稜線のあたりをめぐってひらめいている」。「影見えて」の「影」とは、元来光を指していました。ここもそれです。

稲妻は一個所にとどまらず、次々に移動していきます。この歌はその光の変化や運動に心奪われた詩人が、自分の主観の表現など全く考える余地もないくらい、その情景そのものに没入している様子をうかがわせます。

月や出づる星の光の変るかな
　涼しき風の夕やみのそら
　　　　　　　　　　　　　　伏見天皇

同じく伏見天皇の歌です。前の歌と同じことが言えます。夕暮れの星の光の明度が微妙に変化してきた気配をとらえて、「月が出るのだろうか」と呟いているところに、繊細で鋭い感覚が遺憾なく発揮されています。

ここで私にとって面白く思われるのは、こういう鎌倉時代後期の歌の場合、平安時代の歌とは違って、歌の内容をパラフレーズする必要がほとんどなくなっているということです。つまり、詩の言葉は一義的になり、表面の意味の背後に、別の隠された意味を探る必要がないのです。

それは、これらの歌が純粋に風景を風景としてとらえるという態度で書かれているからです。言いかえれば、近代以降の写実的叙景詩が、すでにここに予告されているわけです。私たち日本人にとって、『玉葉集』や『風雅集』の叙景歌は、五百年以上昔のものであるにもかかわらず、時代の大きな差異をほとんど感じさせないほど親しく感じられるものです。それはなぜかといえば、これらの歌が、詩人の内面の幽暗な消息には触れず、逆に外界を写しとる非常に精巧なレンズそのものとなって、ひたすら風景と自然を客観的にとらえているからです。主観性と客観性とが融け合ってかもし出す、深く暗い、内臓感覚的ともいうべき世界はここにはなく、明晰な視覚が再び優位に立っているのが見られます。

次に、伏見天皇妃である永福門院の歌をとりあげてみたいと思います。彼女は平安時代末期の式子内親王と同様、日本の詩史の中で確固たる地位を占めている中世の大詩人でした。しかし、藤原家の大政治家を父として持ち、天皇の妃となった彼女は、式子と同様、戦乱に次ぐ戦乱の時代を生きねばなりませんでした。夫の天皇の歿後まもなく、朝廷そのものが二つに分かれて相争う、いわゆる南北朝時代が始まりました。個人的にも、彼女の周辺では次々に親族が死んでゆき、彼女は深い無常観にひたります。

彼女は当時としては長寿の七十二歳まで生きましたが、若い時からその作る歌は静けさに満ち、透明な、いわば天上的な諦念といったものが、作品の背後に感じられます。

山もとの鳥のこゑより明けそめて
花もむらむら色ぞ見えゆく
永福門院

「山のふもとで鶏や他の鳥たちが鳴き始めると、しだいに夜が明け初めてくる。山桜の花も、色の濃淡さまざまに、だんだん目に見えてくる」。「むらむら」は、ある部分は暗く、ある部分は明るくというように、むらがあること。

この歌でも、伏見天皇の歌の場合同様、詩人は見開かれた眼差しそのものにまで自分を還元し、外界の刻々の変化にぴったり寄り添って動いています。彼女は眼の機能そのものと化しているのです。

言いかえれば、ここでは詩人の自我意識は限りなく無に近づき、ひたすら澄明な眼差しになりきろうとしています。恋歌の場合に見られた「主語」の稀薄化は、この場合にも徹底して押し進められているのです。

もう一首彼女の歌をとりあげます。

真萩ちる庭の秋風身にしみて
　夕日のかげぞかべに消えゆく
　　　　　　　　　　　　　　永福門院

「萩の花が散っている庭、そこを吹いてゆく秋風が身に沁み入るようだ。折しも夕日がさして、その光が、壁に消えてゆく」。ここで不思議に印象的なのは「かべに消えゆく」という表現です。

通常の物理的現象としてなら、言うまでもなく夕日の光は壁「の上で」しだいに薄くなり、やがて消え去るにすぎません。しかしこの歌の日本語表現それ自体からすると、夕日の光は、壁「の内側に」沁み込んでゆくという意味にもとれるのです。本来固体である壁の内側に光が沁み込んでゆくということはありえないことですが、詩の中ではありえました。そして、このことは大いに強調すべきことですが、日本の詩歌では、この「沁み入る」感覚は、きわめて愛された感覚なのでした。

私はさきほど、日本の美意識においては触覚という感覚が非常に重要だったということを言いましたが、「沁み入る」感覚は、まさに触覚の中の触覚ともいうべき感覚なのでした。

松尾芭蕉について多少でも知識のある人なら、たぶん知らない人はなかろうと思われる彼の俳句があります。『おくのほそ道』の一句です。

閑(しづ)かさや岩にしみ入る蟬の声　　芭蕉

ここにも、本来なら物理的に不可能であるはずの滲透行為が、詩的空間なるがゆえに可能になっているみごとな例があります。

樹木と奇岩に覆われた夏の山寺で、蟬は執拗に鳴いていますが、その声はやがて、固い岩石の中にさえしみ透るほどの、集中力そのものにまで高まってゆきます。岩石が蟬の声によって滲透されるというヴィジョンは、通常では生じ得ない現象も、詩の空間の中ではやすやすと生じ得るという、感性の真実を示しています。

ここにあるのは、まさに清浄な静けさであります。芭蕉はその静けさにひたすら聴き入っています。彼はここでは、聴き入る行為そのもの、自己集中力そのものになっていて、すでに何を聴いているのかという理性的識別さえ超越した、内的空間に漂っています。

この内的空間とは、まことに矛盾した言い方のようですが、一種の集中的放心の空間、そして瞑想の空間です。

たしかに、心の世界には、「集中」と「放心」が決して矛盾せず、むしろ互いが互いの鏡となっているような、ひとつの空間があります。「詩人」とよばれる種族が呼吸しているのは、昔も今も、まさにこの心の空間の空気にほかなりません。

芭蕉より三百年以上前に生きていた一流の女性詩人、天皇の妃として動乱の時代を生きねばならなかった瞑想的なその詩人が、壁の上に凝然と見つめていた夕日の光は、芭蕉の蝉の声が岩にしみ入っていったのと同様、壁にしみ入っていったのです。永福門院が漂っていたのは、芭蕉が漂っていたのと同じ、一種の集中的放心の空間、瞑想の空間でした。

八

さて、私は今回の講義の題目として、「叙景の歌――なぜ日本の詩は主観の表現においてかくも控え目なのか？」という題を掲げました。

なぜこのタイトルだったのか、といえば、従来西欧の詩学においては、「詩（ポエジー）」を次の三つのカテゴリーに分類することは自明のことと考えられてきたからでした。すなわち、叙事詩・抒情詩・劇詩であります。

この分類は日本においても従順に踏襲されてきました。学校で文学史を学ぶ学生も、詩には叙事詩・抒情詩・劇詩の区別があると教わり、それを鵜のみにしています。

けれども、このカテゴリーには分類しきれないジャンルの詩が、日本には大量にあったのです。それは、風景そのものの描写による「叙景詩」とよばれるジャンルにほかなりません。「叙景」よりもさらに大きな概念として、「自然詩」という命名の仕方もできます。

私はこの「叙景詩」あるいは「自然詩」が、日本のあらゆる形式の詩の中で、古代から現代にいたるまで、ずっと中心部分をなしてきたということを、ここで明確にしておきたかったのでした。

その上で私は、「叙景詩」あるいは「自然詩」の中心主題は、おどろくべきことに、明確な輪郭をそなえた客観的な自然の描写ではまったくなかったということを申しあげておきます。そこにこそ、日本の「叙景詩」「自然詩」の、最も興味ぶかい、また最も扱い難い特質があったのでした。

偽装された恋歌としての叙景歌が、日本の古代和歌の重要な遺産をなしています。瞑想的・超越的な心の空間への通路としての叙景歌が、中世和歌や近世俳諧の高貴な伝統をなしています。

いずれの場合も、「客体」としての風景や自然の堅固な輪郭は、意図的に曖昧にぼかされています。それをとらえる感覚について言っても、視覚や聴覚よりは、むしろ内臓感覚的な触覚、味覚、嗅覚などが重視され、感覚の意図的な混ぜ合わせが好まれました。その一例をあげます。ここでもまた、平安時代歌人凡河内躬恒です。彼は春の水に浮かんで流れてゆく花を主題に、次の歌を詠みました。

やみがくれ岩間を分けて行く水の
声さへ花の香にぞしみける　凡河内躬恒

水が暗闇の中で岩間を分けていくのは、当然鋭敏な触覚の世界です。また、流れてゆく水の音さえも花の香りに染みている、というのは、聴覚と嗅覚、そしてかすかに味覚までも動員した、綜合的な感覚の世界にほかなりません。十世紀の日本の詩人は、早くもボードレールのコレスポンダンスにも似た諸感覚の混ぜ合わせを実践していたのでした。

そしてこれは、単に一人の詩人だけの特殊例ではなかったのです。

こういう例から知られるのは、日本の古典詩人たちの言語意識が、早い時代からかなり爛熟した耽美主義的傾向をもっていたということです。

反面、自他の区別を明確に自覚し他者との相違のうちにむしろ個性的自己主張の根拠を見出し、競争と闘争を当然至極のこととするといった態度は、藤原定家のような、考えられるきわめて少数の例外を除けば、ほとんど見出せないのでした。定家にしても、たえず他人と言い争っていたわけでは毛頭ありません。

こうした一般的性格は、言うまでもなく、長い歴史の過程を経て、多少は変化しているでしょう。とくに過去一世紀余りの近代日本においては、さまざまの変化があって当り前でした。何しろ日本の近代とは、個人主義と自己主張を当然とする西欧のスタイルに学ぶところ極めて大だったからです。

けれども、詩の表現について見るなら、一千年以上前からすでに高度に発達を遂げていた日本語の詩表現の総体は、現代の私たちの言語意識をも本質的に支配していると考えねばなりません。

叙景詩や自然詩の、今回私が一瞥したにすぎない長大な伝統は、今なお最も活潑に生きて働いている伝統だと、私は考えています。主観的意思表示においてきわめて控え目であるその伝統も、です。

五　日本の中世歌謡

「明るい虚無」の背景をなすもの

一

日本の詩歌について語ろうとする人は、普通、和歌、俳諧(およびそれらの近代以後の名称である短歌、俳句)、ならびに近代自由詩について、多くのページを割きます。二十世紀の日本人の多くにとっては、この三種類の詩型こそが日本の詩歌そのものであると考えられています。

けれども、十九世紀末までの一千年以上にわたる歴史の中では、そのような考え方は、まったく現実から遊離した、子供っぽい考え方として、一顧だに与えられなかったでしょう。なぜなら、その長い歳月のあいだ、貴族、武士、僧侶、俗世間のどの階層の人々にとってもきわめて重要だった詩型は、中国の詩の影響下に成立し、発展し、日本の知識人にとって最も貴重な思想表現の手段の一つとさえなっていた「漢詩」だったからです。

「漢詩」という呼び名は、中国人の作る詩だけではなく、日本人が作る中国スタイルの詩を呼ぶとき、とりわけ意識的に用いられた呼称ですが、その最も明瞭な特徴は、作品がすべて中国の文字である漢字で書かれ、形式上の規則もすべて、中国のそれに準じて、厳しい規則に従ったという点にあります。つまり、「漢詩」は、日本人が八世紀ごろに中国の文字をもとにして発明した「平かな」「片カナ」という二種類の、便利でもあれば日本語の話しことばの表記にとって最適でもある手段を一切用いないで書かれた、日本人の作った詩だったのです。

このような書かれ方の詩が、日本の近代化の開始時代、いやそれ以後に至るまで、すなわち十九世紀末まで、一千年以上にわたって書き続けられたということには、それ自体きわめて興味深い意味がありますが、ここではその事実を指摘するだけにとどめて、もう一つの話題に移ります。それは、「漢詩」、「和歌」、「俳諧」以外にも、日本詩歌史において、もう一つのきわめて重要な分野を形づくる詩歌ジャンルがあったからです。「歌謡」がそれであり、その最大の特徴は、言うまでもなく、一定のリズムとメロディーを有し、時には簡単な楽器をも伴って謡われた詩歌作品である、というところにありました。

必ず声に出してうたわれ、多くの場合身振りや踊りを伴うものが歌謡でしたから、それを表記するのにも、日本語の話し言葉に適した文字を用いねばならず、当然、漢詩のスタイルとはまったく異なる、仮名文字の多いスタイルが、歌謡作品の普通の形式となりました。そして、「うたう」という行為には、一方では規則をきわめて重んじる側面があると同時に、他方では絶えず規則を逸脱し、自由奔放に新しい詩を、形式、内容いずれの面においても追求するという側面が伴いますから、日本の歌謡が、その長い歴史を通じて、豊かな変化をとげてきたのは当然のことでした。

そもそも漢詩は、その歴史の発端の時期に、菅原道真のような大詩人を持ち、その後約一千年の歴史の中でも、多くの僧侶や儒者や文人、画家その他の芸術家たち、武士や政治家や革命家たち、さらには少数の女性たちまで含め、各時代に傑出した個性を輩出しました。

一方、歌謡は、ほとんどの場合、作者がだれであるのかさえわからない作品ばかりであります。これが漢詩、和歌、俳諧にくらべて、歌謡の一大特徴であると言えます。

実際、この「無名性」こそ、「文学史」というきわめて「近代的」な制作物において歌謡が受けてきた、不当に低い評価、理不尽な扱いの理由を説明するものでもあろうと私は思います。なぜなら、近代は、特に日本における近代文学は、作品の中に、何よりもまず「個性」や「独創性」の輝きを要求したからです。完成した作品よりも断片の方に、成熟よりも萌芽の可能性の方に、結果よりも意図の中に、天才と独創性のしるしを見ようとする近代日本のロマン主義は、歌謡の無名性の中に、いわば磨滅した個性、遊戯的な恣意性、陳腐な前近代性を見出し、自我意識確立への欲求とは縁遠いがゆえに、真面目な学問的考察の対象とはしにくいと見なしたのです。

そのこと自体の中に、近代日本の限界がありました。「個性」や「独創性」を追求する一方で、「無名性」の中に含まれる多様な豊饒さを十分に汲み取ることができなかったからです。それは日本の近代化が、きわめて短期間に西洋の達成したものに追いつくことを目指したところから来る、やむを得ない歪みだったと言えますが、少なくとも芸術や文学においては、近代化以前の文化的伝統と近代化以後のそれとの間に、多くの不毛な断絶が生じたことは否定できませんでした。

近代日本の文学研究や文学史において、歌謡の地位が不当に低く見られてきたという事実は、そういう意味では、近代日本文学全体の達成したものを検討する上でも、格好の材料を提供しているといえるでしょう。少なくとも私は、その点にこそ、『梁塵秘抄（りょうじんひしょう）』や『閑吟集（かんぎんしゅう）』をはじめとする歌謡を、現在再評価する意味があると考えています。

歌謡が近代においてあまり重視されなかったことには、もう一つの理由もあったと考えられます。歌謡の作者たちのうち、質においても量においても特にすぐれていた人々の多くが、階級的にいえば社会の最下層に属する人々だったという事実です。彼らのうち特に重要な構成員は、不特定多数の男性を相手にする遊女であり、また、傀儡師（くぐつし）と呼ばれるあやつり人形を扱う芸人をはじめとする、住所不定の多種多様な芸人たちでした。いずれも、階級的には最下層に属していました。しかしまた、彼らの中には驚くべき歌い手や演奏家がたくさんいて、時には社会の最上層の人々、すなわち天皇さえも含む高位の貴族階級や武士階級の人々が、彼らの芸に最大限の敬意と憧れを抱き、師として手厚く遇するようなことさえあったのでした。

つまり歌謡は、そのような側面において、近代市民社会の価値観では律することのできない要素をたっぷりと持っていたのでした。「個性」や「自我」の主張を最重要のものとする近代主義は、ここではあまり有効な判断基準となり得ません。歌謡はいわば「超個性的」であり、「階級縦断的」な性質をふんだんにもっていたからです。

たとえば作品のテクストについても、うたわれる時や場所のいかんによっては、臨機応変に詩句の一部を変更したり、原作をもじって別の詩にしてしまうようなことも可能であり、場合によってはその作り変えによって、かえって賞讃されるようなことさえありました。テクストの厳密な自己同一性（イダンティテ）を要求し、作者の著作権を優先的に保護することをもって当然とする近代の考え方を、いわば嘲笑するような自由奔放さ、それが歌謡の本質的属性であり、その輝かしい特徴でさえありました。

二

歌謡は言うまでもなく文字の発生より遥かに以前から、すなわち人間が言葉を発し始めるのとほとんど同時に、すでに存在していたはずのものです。日本の場合、古代の遺跡から発掘された埴輪(はにわ)とよばれる土製の人物彫刻の中には、太鼓などの楽器を伴ってうたい踊っていたと思われる姿もあり、すでに歌謡が古代人の信仰や労働にとって必要不可欠なものであったことが想像できます。

そのような時代にうたわれていたであろう歌謡の名残りは、日本最古の歴史的文献である、いずれも八世紀初頭成立の『古事記』や『日本書紀』、同じ時期に成立し、諸地方の歴史・地理・産物などを記録した『風土記』などに散在しています。『古事記』と『日本書紀』はともに公式の歴史書ですが、その中に拾われている古代歌謡は二百篇に近く、そのうちのかなりの数のものは、現代人をも深く感動させる力をひめた恋や死の歌です。

この時代以後、歌謡は社会のあらゆる階層によってうたわれ、踊られ、演じられ続けたでしょう。しかし、漢詩、ついで和歌が、直接には勅撰漢詩集や勅撰和歌集として、またより広範囲な形では各種の私撰の詩集や歌集として、常に尊重され、筆写され、保存されてきたのに対し、歌謡は口頭でうたわれたのちは、まさに風と共に消えてしまったものが大部分であったはずです。たまたま『古事記』や『日本書紀』、『風土記』のように、天皇や政府の権威を背負った書物の中に記録されたものが、幸運にも現代まで伝えられただけで、それ以外の古代の歌謡はほとんど失われてしまいました。

そのことを真剣に憂え、わが熱愛する歌謡を、一挙に、広範囲に集成し、一大歌謡全集を作ろうと思い立った人物が現れました。地位においても歌い手としての能力においても情熱においても、他のどんな人物にもまさって随一だった人でした。すなわち後白河天皇です。彼は古代末期、源氏と平家の二大新興武士勢力が、四百年にわたって政治・文化の中心であり続けた貴族藤原家にとって代り、新たに武家が政治の中心に居すわることになる、古代と中世の一大転換期に、天皇の地位につき、自らも強大な政治的権力を行使した人でした。

後白河天皇は在位わずか三年で、天皇の位を第一皇子に譲り(二条天皇)、みずからは退位した天皇(上皇)として、実際には現代の天皇よりも遥かに強力な権威をもって君臨しました。やがて出家し、法皇となってから後も、依然として大きな権力をふるい続けたのです。

退位後の元天皇が政治の強力な実権をにぎる制度は、日本の古代末期のきわめて特殊な制度ですが、「院政」とよばれるこの制度は、白河、鳥羽、後白河の三人の天皇の時代に特に発達し、これら三人の元天皇(院)の権力は、それぞれ絶大なものがありました。後白河院の場合も、実に三十四年間、五代に及ぶ天皇の治世の期間、天皇の背後にあって実質的な権力をふるったのです。

折しも政界は平安王朝末期の大動乱時代でしたから、後白河院は、藤原という貴族勢力、源氏、平家という二大武士勢力の三つどもえの死闘のさなかにあって暗躍し、時には源氏の総大将源頼朝をして、妖怪まがいの人物と評させ、切歯扼腕させるほどの老獪な陰謀家ぶりを発揮したのでした。

そのような人物が、同時に、稀れに見る歌謡の愛好家であり、それどころか、当代屈指の歌謡の歌い手でもあったということは、歴史が時に演出するみごとな人間喜劇の一つであったと言えます。

彼は少年時代から、当時における最も現代的なスタイルの歌謡を熱愛しました。これを、文字通り現代的様式という意味で、「今様歌(いまようた)」、通称「今様」と言いました。

後白河院は、歌謡が次々に新しく作られ、うたわれ、曲も歌い方も千差万別の豊かさを誇っているにもかかわらず、文字に記録されないばかりに、次々に忘れ去られてゆくのを無念に思い、今様の一大集成を思い立ちました。臣下に命じて広く各地の今様を集めさせ、記録させたのです。歌詞だけでなく、それぞれの歌のうたい方や曲の特徴、演奏方法などもこまかく記録させたようです。これが『梁塵秘抄』全二十巻として結実しました。このうち一巻から十巻までは歌詞、別の一巻から十巻までは、演奏の細目にわたる指導書、注意書きのようなものだったと推定されています。

推定されている、と言ったのは、実は『梁塵秘抄』は現在、巻一のごく少部分と巻二の完本、そして後白河院自身の今様修業の自伝と言うべき興味深い巻の完本が残っているだけで、その他は失われているからです。現存するわずかな部分にしても、二十世紀初頭の一九一一年に偶然京都で発見され、何人かの一流詩人や小説家たちに衝撃的な影響を与えるまで、およそ八世紀のあいだに、ほとんど幻の本となってしまっていたのでした。

現存する『梁塵秘抄』の作品は約五百六十篇、全体からすればごく少部分に過ぎないと考えられますが、そのわずかな現存作品だけから見ても、この本が編纂された十二世紀半ばごろの日本において、うたわれ、踊られ、演じられていた詩作品は、質量ともに、想像を絶するほどの豊富さを誇っていたと想像されます。散佚（さんいつ）してしまったことが真に惜しまれる作品群です。

三

『梁塵秘抄』の作品をいくつかご紹介しようと思いますが、その前に現存のこの歌謡集を構成する作品の主な内容について簡単にのべておきます。

『梁塵秘抄』の巻一、巻二を通じて明瞭なことは、これらの歌謡が大別して宗教歌謡と世俗歌謡から成っているということです。

宗教歌謡について言えば、日本古来の神道に関わる歌謡、および世界宗教として六世紀以来日本の政治や文化に深い影響を及ぼしてきた仏教に関わる歌謡の二種類があります。しかも、日本の宗教の特殊な性格ですが、神道は仏教に対立するものではなく、逆に仏教の思想体系に融合調和しようとする傾向を早くから示したため、歌謡においても神仏融合的な作品が多く見られます。

全体としては神道よりも仏教に関する歌謡の方が、エキゾチックな関心をも反映して、印象鮮明なものが多いといえますが、これら神や仏の歌謡がたくさん収められていることは、後白河院自身、信仰心がきわめて篤かったらしいこととも、恐らく密接に関係があろうと思われます。

彼の今様修業の自伝である『梁塵秘抄』最終巻の口伝集は、一人の皇子だった少年時代から、今様を歌うことに稀代の情熱を傾けたこの風変りな天皇が、半世紀にわたっていかに厳しい修業を積んだかについての、実に興味しんしんたる記録文学であります。その中には、社会的にいえば最下層の階級に属する年老いた女性歌手に対して、自分の母親たる皇后に対してよりも一層深い敬慕の気持ちをもって接したらしいことをうかがわせる記述と並んで、今様を一心不乱にうたい、上達することは、そのまま神仏に心をこめて帰依することに通じているという、独特の思想の記述もたびたび出てきます。

彼のこうした思想の一つの根拠は、神道歌謡にも仏教歌謡にも、それぞれのありがたい教えが、短い歌詞の中に要約してたたみこまれており、それを熱心にうたうことは、経文を何度も唱えて祈禱することと同じだという考えがありました。たしかに、当時の日本で最も尊重された、極楽浄土の美しい描写に満ちている法華経の場合は、この経だけで百十篇を超える歌謡作品が作られていて、当時の人々が、歌謡をうたうことを楽しむと同時に、その行為を通じて仏の国へ生まれかわれるのだということを、いかに信じ、また祈願していたか想像できるのです。その中には全く文字を知らない無数の人々もいました。その彼らでも、ありがたい歌はうたえたのです。後白河院は、いわば歌謡集編纂という行動を通じて、このような「歌謡修業と信仰とは究極において等しい」という思想を広めようとしたのだといえます。そこには独特の楽天主義もありました。

この考え方は、日本の芸術思想を考察する上で重要なものです。とりわけ、音楽、舞踊、演劇などの演奏・舞台芸術や、絵画、彫刻、陶芸などの造形美術の芸術家たちの中には、芸術への厳しい精進がそのままで信仰の道を追求することに等しいと考える人が、現代でも決して少なくないのです。彼らは、象徴的にいえば、後白河院が半世紀にわたる今様修業中に拠りどころにしていたのと同種の思想の旗のもとに、現在も仕事に励んでいるのです。

四

以上のようなことをお聞きになったあとで、これから私が引用する歌謡の歌詞を聞くと、あるいは驚かれる方も多いかもしれません。私は以下に、『梁塵秘抄』の中でも最も生き生きした分野、すなわち世俗的主題の作品をいくつかご紹介しますが、それらの多くは男女の愛欲をうたったものであり、基本的思想態度は、肉体的欲望の全面肯定ということです。宗教的呪縛も、階級的抑圧もそこには見出せません。その点では、禁欲を重要な原則とする仏教よりも、より根源的に、自然性を重んじるがゆえに、欲望に対しても開放的である神道の生き方が、より強く歌謡の中には息づいていたと言えるでしょう。歌謡の重要性は、そこにもありました。この特質は、中世末期に編まれたもう一つのきわめて重要な歌謡集『閑吟集』にも、そのまま受けつがれるものなのです。

美女(びんぢよう)うち見れば
一本葛(ひともとかづら)にもなりなばやとぞ思ふ
本(もと)より末まで縒(よ)られればや
切るとも刻むとも
離れ難きはわが宿世(すくせ)

この歌謡は、女に首ったけな男の欲望を、みごとな譬喩を用いて率直にうたっているもので、有名な作品ですが、ここにはまた、広く日本の恋愛詩に特徴的な主題も、いわば典型的な鮮かさで現れています。それは、肌と肌との直接の接触を、何よりもまず好んでたたえ、率直に詠むことです。この男は、自分の惚れこんだ美しい女を見るたびに、一本の蔓草(つるくさ)になれたらどんなによかろうと思っています。蔓草になって、相手の体にくるくると、根元からてっぺんまで巻きついてしまいたい。そうなれば、切ろうと刻もうと、木から簡単にひきはがすことはできない。そんな結ばれ方で、あの女といつまでも固く抱き合うことが、前世からの私の宿命なのだ、というのです。

このような露骨なまでの肉欲肯定と現世的欲望の賛美は、多くの日本の歌謡に共通の特徴です。その点では、歌謡は、優雅さを理想とした和歌、この貴族社会の美意識の最も正統的な代表者とは、明らかに異質な側面を大量に持っていました。いわば、正統派の和歌が大っぴらにうたうことのできなかった主題を、歌謡は実にのびやかに展開しているのです。

この違いの最大の理由は、和歌の理想的な姿が勅撰和歌集にあったからだと言っていいでしょう。天皇自身が公式に選び、編纂したという名目の和歌集においては、あくまでも優美で雅(みや)びで表向(おもてむ)きの、つまり公式行事の晴れ舞台で詠みあげられても決して不都合ではない作品が、求められました。

しかし、言うまでもなく、同じ一人の人物であっても、公式の顔と同時に、非公式の、つまり寛ろいで開けっぴろげな、情欲にも卑しい欲望にも無縁ではないもう一つ別の顔を持っています。そちらもまたその人物の真実の顔です。歌謡は、人間のそのような側面を多様に映し出す鏡であったと言っていいでしょう。

さらにまた、歌謡の作者と愛好者が、和歌の作者たちの属していた階級だけに限られることなく、日本社会の全階層に及んでいたということも、歌謡のこのような開放的性格と深い関係があります。

たとえば次の歌謡には、そのような背景が鮮かに現れています。

東(あづま)より昨日来(きのふき)れば妻(め)も持たず
この着たる紺(こん)の狩襖(かりあを)に女換(むすめか)へ給(た)べ

平安時代、日本の首都は京都にありました。この歌謡は、非文明的で粗野と考えられていた地方、すなわち東国から、憧れの地、都の周辺にやって来た田舎者が、さっそく女を抱こうとして、遊女たちをたくさんかかえている人物のもとに行き、彼あるいは彼女と交渉している情景を詠んでいるのです。田舎者は残念なことに遊女を抱くのに十分なほどの金を持っていません。そこで彼は、自分の着ている大切な旅行用の晴れ着を相手にさし出し、これと引き換えに一夜妻を世話してくれと懇願するのです。

この情景は、滑稽でもあり、また当時の風俗の一端を実に生き生きと描写してもいます。十九世紀フランスのトゥールーズ・ロートレックとかオノレ・ドーミエといった画家が、喜んで画題にしたであろうような情景です。さらに面白いのは、一体だれがこのような歌の作者だったかを考えてみることです。

私はこの歌の作者は、男が買おうとしていた当の遊女たちだったに違いないと思います。彼女らはこの田舎者の真剣さや、大事なよそ行きの晴れ着をも一夜の欲望の充足のために投げ捨てようと申し出る愚かしさを、物かげで見て皆で笑い合っていたでしょう。同時に、それほどまでして自分たちを買おうとする男の情熱に対して、誇らかな気分をも味わい、男を憎からずも思ったでしょう。そういう背景を考え合わせると、この短い歌謡はそれなりに大変面白いものだと感じられます。

次の有名な作品についても、作者は遊女ではないかという推測が小西甚一教授によって立てられており、私もそう考えます。

遊びをせんとや生まれけむ
戯れせんとや生まれけん
遊ぶ子供の声聞けば
我が身さへこそ動がるれ

これを普通の読みかたで読むなら、にぎやかに遊び戯れている子供たちを眺めて、自分まで楽しくなって体を揺すっている大人の歌だと素直に読むことができるでしょう。しかし小西教授はこの作品の中に現れる「遊び」および「戯れ」という言葉が、古代日本においては、いずれも男女の性交渉を表現する言葉でもあったという事実にもとづいて、この歌謡の一層深い意味を読み解きました。

すなわちこの歌は、小西説によれば、遊び戯れている女の子を見ながら、遊女がその少女の行く末の運命を思いやり、自分と同じようにこの子もやがて哀れな遊女に身を落とすことになるのだろうかと、深い哀感に襲われて身震いを抑えきれないでいる歌だというのです。

当時の日本では、飢饉や戦争や天災その他、庶民の生活をおびやかす要素はいくらでもありました。そのたびに、多くの人々は家を失い、家族四散し、一夜にして流浪の民となることを余儀なくされましたから、娘が遊女に売られてゆくという悲惨な事態も、かなり日常的に起きていたのです。

五

ところで、多くの女たちがこのような悲劇的運命にさらされていたという事実は、歌謡とか舞踊とか楽器演奏とかいった分野で、傑出した女たちがたくさん出現したという事実と、表裏一体であったことをも忘れてはなりません。彼女たちは、いわば自らの肉体を資本として芸を売る職業的芸術家だったのです。彼女らの中には、その美貌と絶妙な技芸によって、社会の最上層部を構成する男たちに愛され、その婚姻関係によってきわめて高い地位につくようなこともありました。このような場合、彼女らの性的魅力は何よりも決定的に重要でありましたから、彼女らの作り、うたう歌謡が、性的話題に富んでいたのは、ごく当然なことでした。

男たちにとっても、彼女らは時にきわめて愉快な話相手であり、多くの男たちと接触して得た知識で武装している、独立した精神をもつ手ごわい恋の相手でもあったはずです。彼女らは、生計をたてる必要上、交通の頻繁な幹線道路や、とりわけ都を貫流している大きな河川の港々に、集団をなして住みつき、男たちを相手に色をひさいでいました。

そのほかにも、神社に巫女としてつかえながら、実際には男たちの相手をしていた女たちもたくさんいました。またある女たちは、軽業師その他の芸人となって町や村を巡り歩きました。

後白河天皇の今様歌謡の師となった乙前(おとまえ)という年老いた名歌手も、このような女たちの一人だったわけです。後白河天皇は、明らかにされているだけでも十七人の后を持ちましたが、中の一人は遊女で、皇子を生んでいます。

このような例はほかの天皇の場合にもありました。たとえば、和歌史の中で最も輝かしい勅撰和歌集の一つである『新古今和歌集』を、自ら指導的地位に立って編纂した後鳥羽天皇は、同じように身分の低い、しかし芸術的天分においてすぐれた素養をもつ女たちを、自分の後宮に入れた天皇でした。後鳥羽天皇は、彼自身一流の歌人であり、和歌を中心とする、諸芸術のパトロンとしても、きわめて大きな存在でした。

六

『梁塵秘抄』の歌謡を限られた時間で紹介するのは、まことに至難のわざだと嘆かずにはいられませんが、ここではあと二篇だけ紹介しておきます。

女の盛りなるは
十四五六歳二十三四とか
三十四五にしなりぬれば
紅葉(もみぢ)の下葉に異ならず

平安時代の女性観の一端が、露骨にうたわれています。女の盛りを十四歳ぐらいから二十三、四歳までとしているのも、現代人を驚かせるに足りますが、さらに効果的な譬喩は、三十四、五歳になった女など、もはや「紅葉の下葉」と同じことだと言っている点です。秋の紅葉は、日本の美感では、自然界のさまざまな美の中でもとりわけ賞すべきものの一つでした。その燃えるような輝きに満ちた紅葉でも、表面の下に蔽われ隠されてしまえば、どうしようもありません。この譬喩の巧みさは、一方では人を笑わせ、他方では正確な残酷さで感銘を与えますが、この作品の作者がだれだったかを考えてみるのも一興です。男だとも考えられますが、むしろ、中年にさしかかった遊女などの、深い溜息とともに吐き出された感慨ではなかろうかと私は想像します。

仏は常に在(いま)せども
現(うつつ)ならぬぞあはれなる
人の音せぬ暁(あかつき)に
仄(ほの)かに夢に見え給ふ

今までに紹介してきた歌謡とは異なり、これは『梁塵秘抄』の宗教歌謡です。そして恐らく最も有名な作品です。有名になったわけは、この詩がもっている雰囲気が、実は仏教の教義から来たものではなく、むしろ、一般に和歌の良質のものがかもし出すのと同じような、優美で繊細、つまりすぐれて情緒的な美しさを湛えていたためであろうと思われます。仏教歌謡がおごそかな教義とは無関係に、美的情緒という付随的な側面で愛されるということは、皮肉なことではありますが、また実に日本的な現象であるといえるでしょう。

右の歌謡の要点は二つあると思われます。

第一には、仏様はいつでもどこにでもいらっしゃって私たちをお護り下さっているけれど、そのお姿を私たちにお見せになることは決してない、そこが別して尊い、ということ。

第二には、けれど人々が寝静まった明け方、私たちの夢の中で、仏様はまさに夢うつつのうちに、ほのかに姿を現わしなさる、そこがまた何とも尊い、ということ。すべてが神秘の幕の彼方に霞んでいますが、日本人はそこにこそ、この歌謡のすぐれた価値を見出してきたのです。

この作品についても、仏を夢の中でほのかに見ている人物はだれか、と問うことができるでしょう。男とも女とも考えていいわけですが、またこの人物を、一晩中一心不乱に読経し、勤行して夜明けを迎えた一人の僧侶であると考えることもできます。そのような僧が、疲れてふとまどろんだ瞬間、ふだんは決して姿をお見せにならない尊い仏が、夢うつつの僧の目前に姿を現わす。この歌はその仏の顕現の瞬間をうたったものであると考えるなら、これが『梁塵秘抄』の仏教歌謡の中でも、とりわけ人々に愛されてきた理由もわかるような気がします。それは、伝統的な和歌のうちに見出される情緒と、仏教という、俗世間とは切り離されているはずの高度な精神世界とが、この歌謡の中では快く融け合っているからです。

七

『梁塵秘抄』が編纂されたのは、日本の中世が始まる時期、つまり十二世紀後半のころだったと考えられますが、それから約三百五十年ほど経ったころ、中世歌謡の最末期を鮮かに彩って、もう一つの歌謡集が出現しました。すなわち『閑吟集』です。

『閑吟集』というアントロジーの編纂者がだれだったのか、いくつかの推測はありますが、決定的なことはわかりません。しかし彼が、さまざまな人生経験を積んだかなり年輩の男であったこと、豊かな恋愛経験をもち、和歌や連歌について深い造詣があり、おそらくは楽器の演奏などもかなりできた趣味人であっただろうことを想像することは、容易にできます。

『閑吟集』が編まれた時代は、歴史上の区分でいえば室町時代の末期に当ります。この時代は、室町幕府の弱体化に伴って、諸国に群雄が割拠し、天下の覇権を争った時代でもあったため、別名戦国時代と呼ばれます。

貴族階級が約四百年の長きにわたって支配権をにぎっていた平安時代は、その最末期に至って、平家、ついで源氏という二大武士勢力の相次ぐ擡頭により終止符をうちました。西暦一一八五年、源氏の頭領源頼朝が、東国の鎌倉に幕府を樹立しました。鎌倉幕府は、源氏の後継者たる北条家によって引き継がれますが、その時代は約百五十年間続いた後、また新たな展開を見せます。

すなわち、激しい戦乱を勝ち抜いた将軍足利尊氏が、京都の一角、室町の地に新しい幕府を樹立したのです。それは一三三六年のことでした。以来約二百四十年間、一五七三年に足利幕府(室町幕府)最後の将軍が、戦国時代最大の英雄織田信長に打倒されるまでのあいだ、前後十五人の将軍が交替して室町幕府の支配者でありましたが、この幕府が真に安定した政権であったのは、ほとんど最初の百年間くらいのものでした。その後は、各地に興隆する新興武士たちによってたえず権力を脅かされたという意味では、いわば危険な低空飛行を繰返しながら、決定的に墜落するには至らないという、奇妙な政権が、なお百年以上続いたのです。

その間、特に重大な影響を社会のあらゆる部分に及ぼしたものとして、一四六七年から一四七七年に至る十一年間、京都を中心に、各地の大名の軍隊をまきこんで荒れ狂った大乱がありました。「応仁(おうにん)の乱」がそれです。

八

「応仁の乱」は、室町幕府が中央政府としてはもはや全く無力化したことを明白な事実として暴露しましたが、その影響は、単なる政権の浮沈を越えて遥かに重大でした。社会のあらゆる階層を通じて、旧来の権威や権力の虚構性が白日のもとにさらされました。臣下が主君を殺害し、子が父を殺し、生きのびるためには力をもって力を制する以外にないという考え方が、広く人々の心に巣食う時代がやって来ます。当時の人々はそれを端的に「下剋上（げこくじょう）」と名づけました。下位の者が上位の者の地位、権力を奪い、乗取ることを意味する言葉です。

「狂言」という新興の舞台芸術が、「能」と組み合わさって急速に発達したのは、まさにこの時代ですが、狂言の登場者として最も重要で人気のある人物である太郎（たろう）冠者（かじゃ）は、まさにこの時代を典型的に代表する演劇的人物でした。太郎冠者は常に召使として登場しますが、その機智と狡猾さと逞ましさと愛嬌によって、自分の主人である武士や豪商や富農をだし抜き、まんまと大切なものをせしめてしまう人物として、狂言の舞台を大いに活気づけたのです。

能・狂言のみではありません。室町時代は、幕府が弱体化し、都の権威が失墜したため、皮肉にも諸地方それぞれの力が相対的に増大し、従来の中央集権的体制が、いやおうなしに根本的変質を蒙らざるを得なくなった時代でもありました。

各地の名産品が、それぞれの仕方で保護・育成されます。権力の地方分散の意識が根づき始めます。各地の独自の文化がしだいに育ってゆきます。古代、中世を通じて最も軽んじられていた階級である商人の一部は、資本の蓄積によって、従来の上部階級である貴族や武士、あるいは農民、工人たちよりも、実質的には遥かに強大な勢力となってゆきます。その結果、彼らは、文化の面においても、新たなパトロンとして、舞台の前面に立ち現れたのです。

一人の例をあげれば、室町時代に完成する「茶道（ちゃどう）」の偉大な完成者だった千利休（せんのりきゅう）です。利休は関西地方で最も活溌な漁港であり貿易の中心地であった有名な港町、大阪の堺に生まれました。彼の家は富裕な魚問屋でした。彼は家業に従事するかたわら茶道に専念し、茶室を小型化し、徹底して閑寂で簡素な境地を追求し、「茶の湯」という洗練された趣味の世界にとどまっていたものを、いわば形而上的な意味を持つ人生哲学としての「茶道」の域にまで高めました。

その点では、利休は、室町時代初期に早くも芸術的に完成の域に達していた「能楽」の、最初にしてまた最高の偉大な俳優、劇作家、理論家であった世阿弥(ぜあみ)とも、共通の運命をたどった人と言えました。すなわち、創始者にして同時に最高の達成者。しかも二人は、ともにはじめは時の最高権力者の寵愛をほしいままにし、最後には逆に権力者の不興を蒙って、あるいは流罪の刑を受け(世阿弥)、あるいは切腹による死罪にまで処せられた(利休)のでした。

この、それぞれの分野で空前絶後の高さにまで達した二人の大芸術家が、共に悲劇的な晩年を迎えたことは、室町時代という乱世における人々の生き方、そして死に方を、ある意味で象徴的に示していたようにも思われます。

一言で言えば、「明日の命もわからないのがこの世の現実」というのが、当時の社会に広く行き渡っていた時代感情であったのです。そこから、当時の歌謡にたえず繰返される主題も当然出て来ました。すなわち、「人生無常」への諦念。そして、その諦念の裏返しと言っていい、刹那的で積極的な現世享楽主義。

九

『閑吟集』のきわめて短い、しかし代表的な歌謡をまず一篇紹介します。

なにせうぞ　くすんで　一期(いちご)は夢よ　ただ狂へ

「何だというのか、まじめくさって。人生なんて所詮夢ではないか。ただ狂うがいい」というのです。

「狂ふ」という語は、かなり広い意味で用いられた語で、とりわけ文学・芸術に関わりを持つ時には、重要な言葉でした。それは、正気を失って異常な言動をするという通常の意味のほかに、我を忘れて遊びに没頭するという意味にも、ものにとり憑かれたように激しい動作をし、舞い狂うという意味にも用いられました。つまり、他のもろもろの関心事を忘れ去って、興味を引かれたことにだけ一心不乱に没頭するのが「狂ふ」という状態であり、当然詩歌、芸術にうちこむことについても言われました。

今引いた歌謡の「ただ狂へ」という呼びかけにも、そういう意味合いでの「狂ふ」があります。この歌は、表面的に見れば、単純な厭世観を表現しているもののように思われますが、実際にこの歌がうたわれていた場所は、にぎやかな宴席だったのです。「一期は夢よ」という無常観は、ただちに「ただ狂へ」という享楽哲学へと転じるものでした。これを別の形で言えば、現世的欲望の充足を求める物質主義です。ですから、『閑吟集』には、「無常観」の表現はふんだんにありながら、仏教にせよ神道にせよ、「宗教」への関心と情熱は、まるで見当らないと言っても過言ではなく、その点で、三百五十年前の『梁塵秘抄』とは、明らかに違います。

このことは、肉欲の無条件の肯定、賛美という形で、実に鮮明に現れているものでもありました。

十

われは讃岐の鶴羽の者
阿波の若衆に肌触れて
足好や　腹好や
鶴羽のことも思はぬ

「讃岐」も「阿波」も、日本列島西部の島、四国の国名で、現在の香川県と、その南側の徳島県に当ります。この男は讃岐の国の鶴羽というところで生まれたのです。どんな職業だったかわかりません。讃岐と阿波とは、隣合わせの国とはいえ、必ずしも容易に往来できるような地理的条件には恵まれていませんでしたから、この男も、あるいは船による交易に従事している男として、阿波の国へ出かけたのかもしれません。

その阿波で、彼は一人の若い男と知り合い、共に寝たのです。その結果、もう故郷の鶴羽のことなどすっかり忘れるほどに、「足好や　腹好や」の感覚の歓喜にひたってしまったのです。故郷の鶴羽には、おそらく彼の妻が彼を待ちわびているでしょう。しかし彼は、阿波で見出した男色の歓喜に、少なくとも今は酔いしれています。

「足好や　腹好や」のような即物的で赤裸々な形容は、勅撰和歌集の美学では決して許されなかった性質のものでした。歌謡というものの面白さがそこにあります。それは、歌謡の作者たち、またそれの享受者たちの社会的分布が、正統派和歌の場合とは比較にならないほど広範囲となり、階級的にも職業的にも実に種々雑多になってきたということを反映しています。

現世的欲望の無条件の肯定、肉欲のあけっぴろげな賛美といった属性は、『閑吟集』の三百十一篇の歌謡のすべてを通じて、陰に陽に見てとられる顕著な特徴です。そのことを端的に示すのは、これらの歌謡のうち実に三分の二が、恋の歌謡で占められているという事実です。一見自然界をうたっていると見える作品でも、実は恋の歌である場合もあります。

このことは、人間関係そのものへの興味が、『閑吟集』全体の最も重要な主題であったと言いかえてもいいことでしょう。さらに進んで、人間の欲望とその表現を積極的に肯定するのみならず、そこに「美」さえ見出したということが、この十六世紀初頭に出現した歌謡集の、図らずも担うことになった時代的役割りだったのでした。いわば、キリスト教信仰抜きのルネサンスの到来、という風にこれを言うこともできたでしょう。

十一

こういう事態の進展に大きな役割を果たしたのは、すでにのべたように、富裕な商人階級の出現だったと私は考えます。『閑吟集』が編まれた十六世紀という時代は、日本が中国・朝鮮のような近隣諸国のみならず、ポルトガルやオランダ、またインドやフィリピンなどと、貿易を通じて密接な関係をもつようになった時代でした。唐天竺（からてんじく）とか南蛮（なんばん）、紅毛（こうもう）などという言葉が、多大なエキゾチスムと憧れの響きを伴って、当時の日本人の日常会話を彩りました。

堺のような港町で、刻々に変動する国内情勢に対してはもちろんですが、より鋭敏な関心をもって注視されていたのは、海外の動静でした。千利休のような、剛毅と繊細と策略を兼ね備えた男、新と旧を同時にかかえこんでいる魅力的な人物が、海外貿易の中心地である堺のような町から立ち現れたことは、まさに新しい時代、すなわち商人の時代の到来を象徴する出来事だったのです。

十六世紀の関西地方の経済人たちは、京都でも大阪でも堺でも、あるいは九州の博多でも長崎でも、覇気に満ちていました。彼らは自分たちの蓄えつつある富の力についてきわめて自覚的であり、富は正当で善きものであるという強い自信をもっていました。

実際、古代・中世の商人たちと、中世末期・近世初頭の十六世紀の商人たちの違いは、後者が自分たちの職業を「善」であると考え、「彼岸」ではなく「現世」そのものにこそ幸福があることを、確信していた点にありました。この確信が、人間をも自然をも新しい目で見直させ、人間を、その赤裸な状態において肯定させる原動力となったのです。

当時日本にやって来たイエズス会所属のキリスト教宣教師たちは、日本の商人たちの知性や人間的能力には多大の好意を抱きながらも、彼らが一様に示す「天国」への無関心と現世至上主義に対しては、大いに困惑したことが、彼らが書いた書簡によっても知られています。こうした人生観が、経済活動の急速な活潑化と世界規模での拡大によってはっきり根づいたものであることは、確かなことだったろうと思います。

『閑吟集』に出てくる数多くの恋歌が、先に引いたように、一面では人生無常を言いながら、他面では現世の享楽を勧めているのは、その意味で明らかに新しい時代の到来を告げるものだったと言えるでしょう。

貴族とも武士とも農民とも異なり、きわめて積極的に人生を謳歌しようとする態度が、『閑吟集』には色濃く存在しています。

『閑吟集』の歌謡の場合にも、『梁塵秘抄』の場合同様、作者にして歌い手だった人々の多くは、次々に違う男を相手にする遊女だったと思われますが、彼女たちの人生観は、不思議なほどに、商人たちの人生観と似通っていたように思われるのです。

つまり、何事によらず過度にひとつのことに執着することはせず、自分が強く愛着を感じる物や人であっても、それを失う日は必ず来ると考えて、常にその物や人と別れる心用意をし、それを覚悟しながら、現在を積極的に楽しんで生きること。たとえば、遊女にとっての可愛い男、商人にとっての富。どちらも、いつ消えてしまうかわからない素敵なもの。いつ消えてしまっても、だれに文句を言うこともできないもの。

十二

このように考えてくると、室町時代という、社会全体がたえず激動に見舞われていた時代を最もよく代表した男たちは、明らかに新興勢力である商人たちだったということが、ごく自然に納得できます。そして、『閑吟集』でうたわれる恋歌にしても、その主人公は、片や新興の商人たち、片や明日の行方も知れない儚さを自らの存在の条件としながら、日々たくましく生きていた遊女たちであったと考えると、このアントロジーの恋歌の独特な軽やかさ、虚無的な明るさも、ごく自然に納得できるように思うのです。

歌をいくつか引きます。

ただ　人には馴れまじものぢや
馴れての後(のち)に
離るる　るるるるるるが
大事ぢやるもの

「離るる」という動詞の語尾をそのまま何回か繰返しているのは、歌全体の調子をいかにも軽やかにみせる謡いものの性格をよく示していますが、同時にその繰返しには、別れようとしても簡単には別れられない、惚れた者同士のつらい気持ちもこめられていると言えるでしょう。この技法は、歌の主題とも巧みに照応し合っています。この歌をうたっているのは、内容全体から判断するに、男であるよりは女でありましょうが、彼女は相手にあまりにも深く馴れ親しんではならないと自らを戒めています。なぜなら、いったん抜き差しならない仲になってしまうと、別れる時が大変なことになるから、というのです。

つまり彼女は、たとい男にぞっこん惚れたとしても、やがてこの男とも別れる時は来る、ということを常に心に刻んでいなければならない女なのです。こういう女は、遊女以外の何者でもないでしょう。

遊女に一心不乱の恋は禁物です。しかしまた、そのように条件づけられているがゆえに、遊女の恋は悲しいだけではなく、時に人一倍真剣なものでもあり得ます。しかも真剣に恋しながら、彼女は「ぞっこん惚れこむような真似はしないよ」と言い続けねばなりません。

一夜(ひとよ)馴れたが
名残り惜しさに出でて見たれば
沖中に
舟の早さよ
霧の深さよ

これも遊女の歌です。彼女は港町の遊女です。往来する船の船頭や旅人が相手ですから、多くの場合、夜ごとに違う男たちが彼女の前を通り過ぎてゆきます。それでも、中には一夜の客にすぎないのに、離れがたい思いにさせられる男もいます。この歌は、そういう男が、朝まだき立ち去ったあとの、彼女のうつろな気分を抒情的にうたったものです。男の船は彼女の気持ちとは関係なしに滑るように去ってゆきます。霧がたちまち船を隠します。

来(こ)ぬも可なり

　夢の間(あひだ)の露の身の
　逢ふとも宵の稲妻

これも女の歌です。彼女は男を待ちわびていますが、どうやら男は今夜も現れないらしい。彼女は独白します。

「来ないならそれもいいわ。どうせわが身は、儚い夢と夢の間につかの間結ぶ露のように、儚い限りの身の上だもの。たといあの男と逢えたとて、それもまた宵に一瞬ひらめいて消える稲妻のようなもの。」

これらの歌謡の基調は「虚無的な明るさ」にあると私は先に言いましたが、この歌の中で一瞬ひらめいて消える宵の稲妻は、まさにそのような短い逢瀬の明るさと儚さを象徴的に示していたと言うことができましょう。いずれにしても、女は呟くのです、「来ないならそれもいいわ」と。

十三

『閑吟集』の歌謡を、ごく一部ですが紹介しました。ところで、これらの歌謡を眺めていると、私はどうしても一つの考えが繰返し湧き起ってくるのを抑えることができません。

それは、少なくとも中世日本の歌謡では、男たちよりも女たちの生き方の強さ、潔(いさぎよ)さの方が、きわだって印象的だということです。それは言うまでもなく、彼女らが強く、潔く生きなければ、生きのびてゆくことができなかったからです。

男の従属品として生きるのと引き換えに、生活の安定と安楽を手に入れることができるというような生き方は、『閑吟集』に現れる女性たちの場合、ほとんど全く見出せません。女たちは自律的存在として登場します。弱者として男に媚びる必要もありませんでした。

しかし、彼女らがそのような存在でありえたのは、逆説的ですが、彼女らが貧しくみじめな境遇の中で苦闘する人々だったからです。彼女らが、『閑吟集』のみならず『梁塵秘抄』においても、魅力的なヒロインであったのは、彼女らが自らの体一つで自分の生活を切りひらいてゆける人々だったからです。

同時に彼女らは、多くの場合、これらの魅力的な歌謡の作者であり、また演者であったという点で、すぐれた芸術家であり、単なる売春婦では全くありませんでした。

もちろん、歌謡の作者には男たちもいましたが、女たちが歌謡史において果たした役割の大きさは、どれほど強調してもしすぎることはないでしょう。

私は一九九四年コレージュ・ド・フランスで行った日本古典詩歌に関する四つの講義に引き続き、それらのしめくくりとして、今年この歌謡についての講義を行うのですが、昨年の「奈良・平安時代の一流女性歌人たち」という講義の中で、「和歌は原理的に見て、女性なしには存在しえない詩であった」と言ったことは、まさに歌謡についても、そっくり当てはまることでした。歌謡もまた「女性なしには存在しえない詩」だったのです。しかも、和歌が、その優美さの伝統ゆえに覆いかくすことを余儀なくされた性的なるもの、露骨に生活に密着したものを、ごく平然とよび起こし、それらを洗練された機智と人間観察と微笑にくるんで、私たちの世紀にまで送り届けてくれたのが、中世の歌謡だったのです。

あとがき

『日本の詩歌　その骨組みと素肌』は、パリにある高等教育機関コレージュ・ド・フランスで、一九九四年十月(四回)、九五年十月(一回)の五回にわたって行なった、あるいは行なう予定の連続講義を本にしたものです。日本語で原稿を書きましたが、講義はドミニック・パルメさんに仏訳して頂いた訳文により、九四年度は毎週一回、木曜日の午後五時から七時まで、二時間の枠をとってもらって、六番教室という部屋で行ないました。パルメさんの訳文はまことにすぐれたもので、朗読していて、原文は私自身の文章でありながら、終始みごとな翻訳に対する感嘆の念を押さえることができないほどでした。

細かいことをいえば、最終回、第五章「日本の中世歌謡」は、本書収録の私の原文では授業には少々長すぎ、そのまま仏訳してもらった場合、優に二時間の枠をはみ出してしまうことは明らかでしたので、あらかじめ若干の部分を省略して訳してもらいました。仏訳ではその分だけ短かくなっていますが、本質的な違いはありません。

パリでも本書と時を同じくして、コレージュ・ド・フランスの刊行物として、パルメさん訳のフランス語版が出ることになっており、たいへん嬉しく思っています。二年前にイヴ・マリ・アリュー氏の訳でピキエ書店から刊行された『折々のうた』抄訳も、近く改版の上再刊されるようで、両者併せて読んでもらえば、フランスの読者たちに、日本詩歌のいわば本質と現象の双方を、より深く知ってもらいたいという、年来の私の願望の一端は達成されることになります。

二人のきわめてすぐれた翻訳者に恵まれたということは、私の幸運以外の何ものでもありませんでした。一般に詩、とりわけ短歌や俳句の翻訳は、訳されたばかりに、かえって逆効果になっているというような不幸な例も、決して少なくないのですから。

ここでコレージュ・ド・フランスについて少し書きます。日本にはこれと類似の施設がまったくありませんので、読みかじり、聞きかじりの知識ですが、読者のご参考に供します。

フランス語のコレージュは、英語ではカレッジですが、コレージュ・ド・フランスに関する限り、現在のカレッジとの類似点はほとんどありません。

コレージュはフランス文部省直轄の高等教育機関となっていますが、元来は一五三〇年に創立された古い学寮でした。創設者はフランソワ一世。創設された理由は、中世以来のスコラ学にがんじがらめにされていたソルボンヌ(パリ大学神学部)に対抗して、人文主義(ユマニスム)思想にもとづき、古典語のヘブライ語、ギリシア語、それに数学の、三つの部門を教えることが目標でした。ヘブライ語やギリシア語の研究は、必然的に聖書をその源泉にまでさかのぼることを意味しますから、ラテン語が聖域をなしていたソルボンヌの神学にとっては、不倶戴天の敵になるというわけでした。その最初の教授たちの一人が、かのフランソワ・ラブレーであったとか、教授に迎えられるはずだった話がつぶれたとか、聞きました。ラブレーはもちろん当時の代表的な人文主義者(ユマニスト)でした。

現在では教科はあらゆる学問分野にまたがっており、それらが数学・物理学・自然科学部門、哲学・社会科学部門、歴史学・言語学・考古学部門の三種類に大別されています。専任の教授たちは全員国家元首に直接任命されるのですが、彼らは自分が研究している得意のテーマを教壇で思う存分講義します。そのために教授に任じられているわけです。

二十世紀初頭には、アンリ・ベルクソンやポール・ヴァレリーが、それぞれ代表作として知られることになる有名な講義を何年にもわたって続けましたし、最近では文化人類学のクロード・レヴィ＝ストロース、哲学のミシェル・フーコー、同じくロラン・バルト、詩人のイヴ・ボンヌフォアその他、現代最高の知性がそれぞれ講座を持って授業をしていました。現在の教授陣の中に、日本学・日本仏教学の権威ベルナール・フランク教授がいることは、つとに知られています。

私はある時フランクさんと同道して構内を歩いていて、比較的小柄で温顔の、見るからに碩学と感じられる老紳士と出会いましたが、フランク教授に紹介されたそのお相手は、レヴィ＝ストロース名誉教授その人でした。所用でコレージュの研究所へちょっと出向いたということでしたが、鬱然たる学問の大森林が、とつぜん目の前に気さくな温容となって立ち現れたのには、まったく予想もしないことなのでびっくりしました。

別の日には、コレージュの正面にある石段を降りて大きな通りへ立った瞬間、フランクさんが、「ここでロラン・バルトはタクシーにはねられたんです」と痛恨の面持ちで目の前を指さしました。考え事にふけっていたのか、バルトはタクシーが疾走してくる大通りを横切ろうとしてはねられたのだそうです。身分証明書によってコレージュの関係者だとわかり、警察から問合せがあって大騒ぎになったのだと、フランクさんは教えてくれました。コレージュの見聞の一端です。

コレージュ・ド・フランスの最大の特徴の一つは、講義が無料で一般公開されているということ、従って試験もないし、卒業証書もないという点でしょう。私にはこれは教育機関として理想的な施設だと思われます。もっとも免状が必要な人には、あまり縁がないでしょうが。

そういうところに私は講義をしに行ったわけですが、世界各国から招かれてここで講義をするのは、もちろん多種多様な専門分野の人々です。自然科学者もあれば言語学者もあり、ほとんどはその道の著名な学者のはずですが、たまには私のように、専門学者とはいえない人間もまじっているわけです。もっとも、私にしても、日本の古典詩歌について合計五回の授業をしたわけですから、一応専門家の末席には連なることになるのかもしれません。

しかし、私がコレージュで講義をするに際しての招聘責任教授であるベルナール・フランク教授は、当初から私を詩人であり、かつ日本古典詩歌についての仕事もいろいろ重ねてきた人間として招いて下さったので、これは私にとって気分的にずいぶん楽になれることでした。そのため、講義の草稿、つまり本書を書き進める上でも、自由な気持ちで臨めたのが非常によかったと思います。その意味でも、こういうまったく稀れな機会を与えてくれたコレージュ・ド・フランス、とりわけフランク教授に、深い感謝の気持ちを捧げたいと思います。

私の知る限り、コレージュで外部の人が講義をする場合、少なくとも二種類の講義の仕方があります。ひとつは私が昨年やったように、毎週一回ずつ四回、一ヵ月連続で授業をする場合。他のひとつは、私が今年やるように、一回だけに限って授業をする場合です。

四回連続して授業をする人は、数も限られていて、自薦・他薦たいへんなのだと聞かされましたが、たしかに四回講義するのは、学者としての大きな名誉であることは、一ヵ月滞在している間にいろいろと思い知らされることがありました。私はそういう詳しいことは何も知らずに行きましたが、四回の授業を終った時、思いがけないことに、「もう一回、来年いかがですか」とフランクさんに言われ、「もしもう一回話せるなら、ぜひとも話したいことがあります」と答え、最終回の「日本の中世歌謡」を話すことになったのでした。普通では考えられないほど有難い機会を与えてもらったわけですが、聞くところによれば、前年四回話すという好遇を受けた上、次の年に重ねて招かれるというような例は、あまりないのではないかということでした。

これはもちろん私にとって大きな名誉ですが、それだけでなく、私はこのことを、日本の詩歌そのものが当然受けるべき名誉であると考えています。フランク教授が真先にそれを認めていることですが、日本の古典詩歌は、しかるべき方法で提示されるならば、フランスの聴衆の心をもとらえ得るだけの魅力があると私は思っています。

「しかるべき方法」と書きましたが、私の場合はそれはまず第一に、日本の詩歌というものを本質的なところでとらえるように努め、決して特殊な世界として扱わないこと、従って私自身の叙述も、可能な限り明晰に、しかも十分に相手の興味と好奇心をかきたてるような書き方で書くことを意味していました。

その場合、たえず立ち帰るべき出発点として私が念頭に置いていたのは、日本の文学・芸術・芸道から風俗・習慣にいたるまでを、根本のところで律してきた和歌というものの不可思議な力、それを出来るだけ具体的にとりあげ、説明してみたい、ということでした。

第一回の講義において、その和歌ではなく、漢詩の偉大な代表詩人菅原道真を論じた理由も、実はそこにありました。菅原道真は、その悲劇的な生涯そのものにおいて、その後一千年以上にわたり、日本の文明、文化全般に対する、いわば恐るべきアンチ・テーゼそのものとなってしまった詩人だと私は思います。その彼の業績と生涯を最初に語ることによって、私は以後の全講義を、言ってみれば初めから意図して困難な立場に追い込んだのでした。

道真の詩が偉大であればあるほど、彼の道からどんどん遠ざかって行った和歌というものの針路は、怪しげでうさんくさいものになるのではないだろうか？

この疑問は、日本の詩歌全体の運命に関わる根本的な疑問であらざるを得ないのではないかと私は思います。第二章で紀貫之および勅撰和歌集の本質について論じ、第四章で叙景歌という日本独特の詩歌様式を論じ、あわせて日本の詩歌に自己主張の要素がきわめて乏しい理由について考えたのも、私の脳裏では常に右の疑問が対極に横たわっていたからでした。

そして、第三章と第五章で、女性詩人の存在がいかに日本の詩歌史では決定的に重要であったかを論じているのも、同じくこうした疑問に別の側面から照明をあて、また答えようとしてのことでした。

私は聴衆が、議論好きで合理主義的思考に徹しているフランス人であることを、常に意識してこれらの講義を書きましたが、それが結果としてどれほど有益だったか知れないと、今ごろになって痛感しています。

私は、簡単に言って、日本の古典詩歌なんぞまったく知らないし、一旦興味がないとなれば、たちまち私を見捨て、次の週から二度と姿も現わさないであろう聴衆を、何が何でもわが陣営に引きずりこんでやる、というくらいの心がまえで、講義に臨んだのでした。

実際、この日本においてでさえ、古代や中世の詩歌作品や作者たちに付き合ってやろうなどという奇特な聴衆が、そんなにいるはずもないのです。それを思うと、私の授業が昨年の最終回には満員となり、何人もの人は立ったまま、二時間の長丁場を付き合ってくれ、相ついで質問や感想までのべてくれたということは、幸運以外の何物でもありませんでした。その理由は、たぶん、右のような私自身の問題意識に、聴衆が興味を持ってくれたからだと思います。日本人の語る下手なフランス語を聞くだけでも苦痛だという人もいたに違いないのに、授業の途中で席を立つ人が、各週通じていなかったことは、しかるべき方法で提示されれば、和歌でも俳諧でも外国人に伝えることができる、という私の考えを、たぶん立証してくれるものだったろうと思うのです。

そして、小声でもう一言つけ加えれば、この本は言うまでもなく、日本の人々にまず読んでもらいたいのです。

「あとがき」としては異例に長い文章を書きましたが、通常の本とは少し成り立ちが違うことに免じて寛恕ねがいたく存じます。

巻末で甚だ失礼なことですが、本書を書くに当ってとりわけ深い学恩を蒙った先学の業績は、数えあげることさえできません。中で特に次の諸著作には、深甚な感謝を捧げます。

川口久雄校注『菅家文草　菅家後集』(岩波版「日本古典文学大系」、一九六六年)

角田文衛『日本の後宮』(学燈社、一九七三年)

小西甚一『梁塵秘抄考』(三省堂、一九四一年)

一九九五年八月

著　者

現代文庫版あとがき

『日本の詩歌』は、パリのコレージュ・ド・フランスで一九九四年十月と翌九五年十月に、前後五回行なった講義の原文です。講義は優れた翻訳者ドミニック・パルメさんに訳していただいたフランス語テクストにより、フランス語で行ないました。教室は毎回多数の聴講者で埋まり、私は大いに光栄に感じました。

その講義の内容が本書であります。全文講義した通りでありますが、ここではその後日談をしるさせていただきます。というのも、このコレージュ・ド・フランス講義の発案者で、終始きわめて深い関わりのあったベルナール・フランク教授が、脳腫瘍のため、一九九六年十月十五日、ヌイイ・シュル・セーヌの自宅で逝去されたからです。当時の日本で出た死亡記事には、次のように報じられました。

「フランスにおける日本学の権威、とくに仏教思想などに詳しい。コレージュ・ド・フランス教授。仏学士院会員、日本学士院客員。パリ生れ。パリ大学などを卒業し、東京にある日仏会館研究員や館長を務め、日仏の文化交流に大きな貢献をした。

明治初期に盗難にあったと見られる法隆寺金堂の阿弥陀如来座像の右脇侍仏「勢至菩薩立像」が、パリのギメ美術館の倉庫に眠っているのを発見し、九四年に里帰りを実現させた。『日本仏教パンテオン』などの代表的著作があるほか、『楢山節考』などを仏訳した。夫人は画家の淳子さん。」(「朝日新聞」パリ支局)

ほかに、「読売新聞」では、パリ支局の鶴原徹也記者の記事で、次のように報じられました。

「フランスで日本仏教研究に道を開き、七二年から二年間、東京の日仏会館館長を務めた。帰国後、パリ第七大学で日本学を教え、八〇年から権威ある高等教育機関コレージュ・ド・フランスで日本学の講義を担当。八二年から八四年まで日仏賢人会議委員。主著に『フランス東洋学五〇年と日本学』(一九七三年)。八六年、勲二等瑞宝章受章。」

フランクさんは周囲の研究者たちに対しては非常に寛大な先生だったので、慕って集まってくる人々もたくさんいました。フランクさんの数多くはなかったであろう趣味のひとつは、日本の神社仏閣のいわゆるお札（ふだ）の収集だったようで、このコレクションは大変な数にのぼっていたと聞いたことがあります。私との会話の中でも、お札の収集の話などが出たこともありますが、肝心の話し相手の私が皆目そちらのことがわからない人間だから、フランクさんも張り合いがなかったことでしょう。

コレージュ・ド・フランスの研究所でフランク教授の、信頼おくあたわざる秘書役を果たしていた人に、司書の松崎碩子さんがいます。その松崎さんが、フランクさん逝去後「ベルナール・フランク先生を偲ぶ」というかなり長文の文章を「日仏図書館情報研究」No.23（一九九七年）にお書きになりました。

たまたまそれが日本の新聞「中外日報」の一九九八年二月五日号に全文転載されており、私もそれを手に入れることができました。記事の大見出しに、「図書館に大きな関心」「司書に陽の当たる場」「学問厳しくユーモアも」などとあり、松崎さん独自の観点からフランクさんのプロフィールが語られています。

その文章の冒頭の一節には、フランクさんの発病の瞬間のことが、次のようになまなましく語られています。

「一九九五年一一月のある日の午後、突然電話が鳴った。その日は、パリの一一月にしては決して珍しくない、非常に暗い、陰鬱な日であった。電話の奥から、こわばった、震えた声が聞こえた。『突然字が書けなくなりました！』フランク先生の声は、それまで一度も聞いたことのない、重い、暗い、恐ろしい声であった。」

フランクさんは、まったく不意に、脳の腫瘍の発作に襲われ、字が書けないという恐ろしい出来事に直面していたのです。

「それから約一一カ月、先生は闘病生活を送られたが、私は、その間、先生はそのうち必ず元気になられ、少しずつ研究が出来るようになられると、心の底から信じ切っていた。あれほど信じていたということは、そうあって欲しいという祈りに通じていたのかもしれない。」

しかし知る人々みんなの祈りも空しく、フランクさんは逝去してしまいました。

思えば、私の五回にわたる講義が無事に完了できたのは、フランクさんからの最後の大きな贈り物だったのではないだろうかと考えずにはいられないのです。というのも、フランスで出た本書のフランス語原本、POÉSIE ET POÉTIQUE DU JAPON ANCIEN, Cinq leçons données au Collège de France 1994-1995 は、まさに一九九五年九月に印刷をし終えており、本の裏表紙には〔B. F.〕と署名の入った、内容を簡潔に紹介する三十行近い推薦文がついていたからです。B. F.とは、ベルナール・フランクさんにほかなりません。この本の印刷が九五年九月だったということは、先に引いた松崎碩子さんの文章で知られるフランクさんの発病の日付けから考えれば、そのわずか二月前だったことになります。「フランクさんからの最後の大きな贈り物」と書いたのは、そう考えずにはいられない偶然の幸運に恵まれて出来あがった本だと思うからです。

本書ははじめ講談社から単行本として刊行されました。今回岩波書店から現代文庫の一冊として刊行されることになったのですが、内容には何も付け加えず、ほんの数か所だけ語句を修正するにとどめました。

聴衆がフランス人であるということを考えて、最初から明晰に書こうと心がけました。私は常日ごろからそのように心がけて書いておりますが、この時は特別にそのように心がけましたので、その点ではこの本は、私の今まで書いてきた本の中でもとりわけ、明快さを持っているのではなかろうかと自負しています。日本の読者にとって、これまで提供されてきた古典詩歌論とは一味も二味もちがう味わいのする詩歌論であろうと思っています。わけても、冒頭から菅原道真に代表される漢詩のことが論じられていること、また日本の詩歌の大きな分野を占めている叙景詩の問題を特にとりあげていることや、日本の詩歌の中で非常に重要だと私が思っている歌謡について、最終章で書いていることなど、量的にはそれほど大量ではありませんが、私が若い頃から日本古典詩歌について「これはこんな風に考えてみたらどうだろうか」と、ためしためし考えてきたことを、積み重ねて書いてみた試論集です。ご愛読たまわれば幸甚に存じます。

解説

池澤夏樹

本書は大岡信が一九九四年と一九九五年にフランスで行った日本文学に関する五回の講義の記録である。

ではこれを日本のことをほとんど知らないフランス人の身になって読んでみよう。彼／彼女はこの本に導かれて日本という遠い国の古代の文学に興味を持つようになるか。

フランスの西にはすぐに大洋があるが東にはどこまでも陸地が続いている。その果て、ほとんど一万キロメートルの彼方に古代以来の大きな文明国があり、その向こうにはまた大洋がある。その手前に、ちょっとした海を隔てて一群の島々がうずくまり、そのまとまりのまま一国を成している。

この島国は成立以来ずっとほぼ独立ないし孤立を維持してきていて、これほどの閉塞性は世界史にも珍しい。なにしろ古代から一九四五年に至るまで異民族による侵略や支配を経験したことがなかったのだ。こんな幸運な国は他にはないと言っていい。

この国の言語は由来がわからない。海で隔てられた大きな文明国とは中国だが、島国の言葉は中国語とは文法も発音も基礎語彙もまったく系統が異なる。言ってみればフランスの隣にあるイギリスの民がアラビア語を喋っているようなもの、いやそれ以上の隔たりなのだ。

しかし、もちろん、彼らは圧倒的に大きい中国文明に大きな影響を受けた。そちらを模範として国を作り、文化的にも多くのものを導入し、いわば中国文明のサテライトとなった。それは十九世紀に至って欧米の文明を受け入れるようになるまで続いた。

文字は中国人の偉大な発明である。もっぱら発音に従うアルファベット系の文字とはことなって、彼らの文字は一字ずつがずっと複雑で、グラフィックで、発音を伴う一方で意味を担っていた。つまり字はそのまま単語であった。一個ずつの文字が更にいくつもの要素に分解できた。そういう文字が数万個、作られた。

はじめ島国の民は自分たちで文字を発明することはせず、中国の文字を借りて自分たちの言葉を表現しようと試みた。言語系統が異なるのだから、しかもこの文字は表音の原理にほとんど依っていないのだから、これは大変にむずかしいことだった。だから長い間、公文書などは中国語で書かれた。そちらが公用語であり、この現地語と外来の公用語の関係は例えばインドにおける英語の位置に近い。

やがて彼ら島国の民は思うところを中国語に訳して中国の文字(ある時期の中国の王朝の名を冠して漢の文字、漢字と呼ばれる)で記すだけでなく、音だけを借りて自分たちの言語をそれで綴るようになった。漢字は画数が多くて書くのが面倒なので、徹底的に草書化してすべての音を表記できる表音文字を作り、また一字の一部を抜きだして別種の表音文字を作った。前者を用意したのは女たちで、後者を工夫したのはもっぱら僧だった。

仮名と呼ばれる表音文字はそれぞれ五十ある。アルファベット二十六文字より多いのは母音と子音に別の文字を当てるのではなく母音+子音を一つの音素として書くことにしたからだ。このユニットはこの国の言語の音韻構造にかなったもので、後には詩の韻律の基本単位となった。ここには子音で終わる単語は(基本的には)存在しない。

これらの文字ができたからといって漢字が廃止されたわけではなく、三種類の文字はそのまま併用されるようになった。漢字による言葉はすでに訛った中国語読みのまま たくさん導入されて日常の言語生活の一部になっていたから捨てることができなかったのだ。

つまり彼らは二種類ないし三種類の文字を混ぜて使った。この事情を説明するにはフランス語ではなく英語を考えた方がいい。英語の単語はゲルマン系を基礎としてそこにラテン系の言葉が混じっている。どちらもアルファベット(ラテン文字)で記されるから見ていて違和感はないが、もしもラテン系の単語だけは別の文字で記されるとしたら(例えばアラビア文字とか)、この国の言語表記の複雑さが少しは想像できるだろう。しかもこの別の文字は少なくとも数千が日常的に用いられる。

それだけでなく彼らは普段あまり使われない漢字の単語の読みを横に小さく仮名で記すという便法まで考案した。この教育的な配慮によってこの言語の使用者は表意文字を含む文章をいつでも音読できるようになった。

複雑きわまる、とアルファベット使用者は考えるだろう。漢字の数が多すぎるだけでなく、そこに仮名まで加わっては、正書法の規則はかぎりなく煩瑣になるではないか。そのとおりかもしれない。実際、一九四五年にこの国を占領したアメリカ人はこれがこの国の人々にとって知的なハンディキャップであると勝手に推測し(自分たちにはとても習得できないと思ったから)、アルファベットに切り替えるよう促した。そう言われた側にもこれに呼応しようという浅慮な発言をする者がいたが、千年以上に亘って使われ、言語の根幹に組み込まれた表記法を捨てることはできなかった。近代トルコがアラビア文字を捨ててラテン文字に替えたような具合にはいかないのだ。

では、同じ漢字文化圏にあって表音文字に替え得た朝鮮とベトナムの事例をどう扱うか、という問題を脇に置いて、複雑で煩瑣な表記法は本当にこの国の人々にとってハンディキャップだったのだろうか。人間の知力というものはまこと伸縮自在で、課題を与えられればそれを受け入れて、学んで、おのがものとする。複雑で煩瑣な表記法を精一杯活用してアルファベットより遥かに豊かな表現力を得る。

それを証するものとしてこの島国の人々の識字率を挙げておこう。十九世紀の半ば、訪れた多くの欧米人が本を読む者の多さに感嘆している。道端の子守りの少女や車曳きが暇さえあれば懐から小ぶりな本を出して読み耽る。この国では十八世紀から就学率が高く、国民の多くは本が読めた。そして、彼らが読んだものの多くは文学だった。

もう一つ、この国の文学の特徴としてその歴史の長さを指摘しておこう。文字になった最古の文学作品『古事記』が世に出たのは西暦七一二年、フランス文学の創始を「ローランの歌」に置くとすればそれより三百年以上早かったわけで、その後も連綿と詩のアントロジーや散文の作品が生まれた。一つの言語による文学史としてこれはおそらく中国に次ぐ長さである。

このような特異な歴史を可能にした理由の一つに社会の安定がある。七世紀あたりに統一政権が成立、それから十九世紀まで、何度かの混乱と内戦の時期はあったけれど、国家として存亡の瀬戸際に立たされたことは一度もなかった。異民族が襲来しなかったこと、一つの言語が領域のほぼぜんたいで通用したためか、国民の諸グループの対立の激しさは一定の範囲に留まったこと、などが理由として考えられる。

主な宗教はアニミスムを土台とするシントーイスムという汎神教と七世紀に渡来した仏教だが、シントーイスムには攻撃性はほぼ皆無であり、仏教諸派の対立が戦闘行為に至ることも多くはなかった。この国で起こった唯一の徹底した、つまり女子供までを含む大量虐殺はキリスト教徒に対するものであり、この事件の後ではキリスト教徒は弾圧によって極端に減少した。ちなみにこの虐殺が起こったのは一六三七年、フランス史と重ねればサン・バルテルミーの虐殺の六十五年後のことである。

もうおわかりと思うが、東洋のこの不思議な国の名は日本 Japon である。

さて、ぼくは大岡信のこの講義の前提をフランス人に教えようとしてずいぶん先の方まで行ってしまった。本書が古代からせいぜい中世までの文学を扱うものである以上、話を近世に及ぼす必要はなかったかもしれないが、しかしこの長い間を通じて文学がゆるやかにしか変化しなかった点にこの国の社会の安定を見ることはできるだろう。

大岡信がこの講義をフランスで行った前提には、人は自分が日々用いている言語ではない言葉で書かれた詩を理解できる、という了解がある。それを信じて大岡はこの一連の講義を行った。

翻訳という営みに対して根源的な疑念を呈する人がいる。文学作品をもととは異なる言語に訳すのは原理的に不可能で、そこでは多くの価値が失われてしまうと。とりわけ詩に関してはこういう意見が多い。翻訳できないものが詩であるなどと言われる。

たしかに、翻訳すれば声としての詩のもとの響きは失われる。和歌で言えば、掛詞というのは同じ発音で違う意味を持つ二つ以上の言葉を用いて意味を多重化する技法だが、その効果は直接には翻訳できない。パラフレーズして説明すれば間延びしてしまい、凝縮した詩としての印象が薄れる。もともと詩というのは言葉の節約であり、可能なかぎり少ない語数に多くの意味を盛り込むものなのだ。

しかしそれは悲観論。翻訳で失われるものがある一方で、翻訳を経ても残る価値もまたある。この楽観論の側に立てば翻訳は試みるに価する営為になる。世俗的な比喩を用いれば、瓶に半分の貴重なコニャックを前にして、もう半分しかないと言うかまだ半分あると言うかの違い。

翻訳は読者の数を増やす。その作品を読む喜びを広い世界に行き渡らせる。専門家はシェイクスピアは原文で読まないと真価がわからないなどと言うが、それはシェイクスピアを英語という枠内に閉じ込めることだ。

翻訳は無学な者のための便法ではなく、創作や編纂と並ぶ文学の基本的な営為の一つである。バベルの塔によって拡散と隔離を余儀なくされた人類を再び結びつけるための努力である。

具体例を挙げよう――

もの思へば沢の蛍もわが身より
あくがれ出づる魂かとぞ見る

という和泉式部の和歌を大岡信は日本語では「われを忘れて物思いにふけっていると、ふと水辺の蛍が頼りなげに明滅して目の前の川を飛んでゆく。あれは、憧れのため居場所もわからなくなり、わが身からさまよい出て彷徨している私自身の魂ではないかと思う」とパラフレーズする(本書一一三頁)。現代日本語を母語としている者にも千年前の技巧を凝らした和歌は読み解きがたいのだ。

ドミニク・パルメはこの和歌をこう訳している――

Perdue dans les songes
J'ai cru voir près du marais

Dans un vol de lucioles
En alèe loin de mon corps
Mon âme vagabonde

これがトマス・フィッツシモンズの英訳では——

Lost in dream
It seemed I saw by the marsh
In a flight of fireflies
Already far from my body
My vagabond soul

となる。

語学に堪能な人はこれらの訳について言うことも多いだろう。蛍は一匹だったのか群れ飛んでいたのかなどなど、芭蕉の「古池や蛙飛び込む水の音」の場合と同じように盛んな議論が起こるかもしれない。我々日本人が一匹と思うところでどうも西洋人は複数説を採りたがるとか。静謐の中に一匹の蛙がぽちゃんと飛び込んだ、が通常の解釈だろうが、無数の蛙が次から次へと飛び込んでもいいのではないか。

翻訳はそのまま読解である。しかも原文の引用を欠く読解。それでも、この和歌の状況は伝わっている。夜、水辺に女が一人いて、その前を蛍が飛ぶ。それが女には愛していながら今ここにはいない男のもとへ行きたいと切望する自分の魂ではないかとふと思われる。離魂は人がしばしば体験ないし妄想するところだし。

視覚的に構成がいい。飛ぶ蛍を見る者として読者は自分をその場に置くことができる。そこに蛍を介しての運動感がある。恋情が自然の光景に見事に重なる。古来ずっと日本人はこのような手法によって、自然を経由することで、思いを表現してきた。

これらの翻訳はこの和歌を巡る状況と心情を充分に伝えている。

伝わらないもののことも言っておこうか。「沢」という言葉を二人の翻訳者はそれぞれ marais と marsh としているが、原語の意味はそこまで沼っぽくはない。ぼくの語感では「沢」はもっと「せせらぎ」に近い。この語に含まれるsの音がこの連想を誘うのだろうし(「さらさら」と「さわやか」で「すずしげ」なのだ)、実際に自分が見た蛍がどれも清流のほとりを飛んでいたという体験もそれを裏付けている。だが、別の言語に移されて別の国に行った詩はまた別の場所の別の蛍と重ね合わされてもいいではないか。

伝えられるかぎりを翻訳者は伝える。それを超えた部分は読者に任せる。その先から新しい読みが始まる。それを誤読と言う権利は原語の使用者にはない。

ここで大岡信を参考にしながらぼくなりに古代日本の詩歌の性格を要約してみようか。幼い時から日本文学に慣れ親しんできた者にとっては自明のことばかりかもしれない。だが、それを(例えばフランス人というような)外の視点から見直した時に明らかになることもある。

A　まずは短い。だから「論述」ではなく「感動の簡潔な表現」になる(本書二九頁参照）。それを書く能力がなかったわけではないことを菅原道真の漢詩は証明しているけれど、和歌では無理だったらしい。なにしろ三十一字しかないのだから主語さえ省かざるを得ない。主体と客体は対比されるのではなく融合する。ボードレールが言う「万物照応（コレスポンダンス）」は初めから日本の詩歌の基本原理だった。短さを補うために和歌には題詞や左注が加えられ、やがてそれは拡張されて歌物語になった。

B　主題は恋が圧倒的に多い。『万葉集』では「相聞」、後の勅撰集では「恋」という部立てが和歌の主流である。これは和歌を詠むような階級の人々にとって恋愛が人生の最重要事であったことを意味する（今様の担い手であった遊女たちを含む）。詩である以上それは当然というのは浅慮で、俳諧の時代になると恋というテーマは限定的にしか用いられない。明治維新以降は天皇でさえ恋の歌を詠まなくなった。辛うじて今に続く歌会始を見ればわかるとおり、彼らこそ和歌文化の先頭に立つ者であり、天智天皇や後鳥羽院など、多くのすぐれた詩人を生みだしたのだが。

また他の国の例を見るならば、フランス文学史の最初に置かれる「ローランの歌」は恋愛詩ではなく武勲詩であり、歌物語とも呼べる「オーカッサンとニコレット」はむしろ例外だった。『旧約聖書』では多くの性的乱倫が語られるが恋愛詩と言えるものは「雅歌」だけである。そして中国では李白も杜甫も恋愛詩を書いていない。儒教のもとでは婚姻の外の恋情は規範の外に置かれた。『玉台新詠集』はこの国には珍しい恋愛詩のアントロジーだが、建前は夫婦間の愛、あるいは娼妓の思いということになっている。未婚の若者たちや既婚者の恋はテーマとして取り上げられない。

C　女性の詩人が多い。これは古代日本だけの特徴かもしれないとしても、しかし額田王（ぬかたのおおきみ）から式子内親王（しょくしないしんのう）まで、詩人の半ばは女性であったと言うことができる。その理由を大岡信が婚姻制度に帰しているのは正しくて、応仁の乱の後、文学史に女性の名はなくなってしまった。自分の意思で生きられる女性がいなくなったのだろう。

D　自然の果たす役割がとても大きい。大陸の東のモンスーン地帯にあって東西にも南北にも長いこの列島は、火山や地震の乱暴きわまる愛撫も加わって、まことに多種多様な景観を人々の前に提供してきた。詩的感興が自然と呼応しないでいることは不可能だった。荒漠たる乾燥の地は啓示の宗教は生んでも『古今和歌集』にあるような詩歌は生まない。

この島々では心情は自然現象に投影される。

『万葉集』に夫を外交使節団の一員として新羅に送り出した若妻の歌がある――

君が行く海辺の宿に霧立たば、吾(あ)が立ち嘆く息と知りませ　(三五八〇)

折口信夫の口訳に従えば――

あなたがいらっしゃる海辺の泊り場所で、霧が立つようなことがあったら、それはこちらにいる私が、立ち出て溜め息吐(つ)いている、その溜め息が、霧とかかったんだと考えて下さい。

となる。恋心と自然の重ね合わせ、これが古代日本の詩の原理だった。

途絶えたわけではない。東日本大震災のすぐ後、釜石に住む照井翠はこう詠んだ

——

春の星こんなに人が死んだのか

震災で多くの人が亡くなった。それを数字にすることは簡単だが、しかし数字に還元したのでは個々の悲しみは消えてしまう。多いということと一人ずつの喪失感を重ねるために夜空の満天の星を仰ぎ見る。一つの星が一つの魂。みんな、あんなに遠くへ行ってしまったと嘆く。これが日本の詩歌の伝統であり、彼女はその正統な継承者である。

大岡信は言うまでもなく彼自身すぐれた詩人である。ありあまる才能で若い日々を走り抜ける一方、モダニズムの文学者の常で、現代詩の流れの中に自分を置いた上で詩全般を考える批評家を身の内に宿していた。その視野の先に日本文学史とい

う広い世界があった。

彼についてぼくはこう書いたことがある――

この人は本来は和歌を書くはずだったのではないかと思う。孤立無援に気がついて、交際範囲に紀貫之も藤原定家もいないので、和泉式部を恋人にできないので、しかたなく行と聯を分けた現代詩の型を借りて書く。批評家を兼務したのも、誰かが言わなければ自分たちは伝統に戻れないという使命感のなさしめたこと。

『詩のなぐさめ』の内

だから彼が和歌の現代語訳を試みたのは当然のことで、実例を挙げるならば、藤原俊成の「こひしさのながむる空にみちぬれば月も心のうちにこそすめ」を彼はこう訳した――

恋の思ひでいつぱいになつて
空をながめてゐる
私の思ひのこまかな粒子が空に満ち
月がそのなかをわたつてゆく
恋すれば　月だとて心のうちに閉ざされるのだ

最後に私事ながら、この本の中でドミニク・パルメさんの名に出会ったことが嬉しい。この人の尽力がなければコレージュ・ド・フランスの五回の講演はなかっただろう。彼女はぼくにとっても親しく言葉を交わした仲であり、何よりもぼくの「帰ってきた男」という小説をフランス語に訳してくれた人である。こういうことを大岡さんと話したかったとしみじみ思う。

二〇一七年八月

〔編集付記〕

本書は、一九九五年に講談社より刊行され、その後二〇〇五年に岩波書店の〈岩波現代文庫〉に収録された。今回の岩波文庫化にあたっては、岩波現代文庫版を底本として使用し、新たに池澤夏樹氏による解説を加えた。

（岩波文庫編集部）

日本の詩歌 その骨組みと素肌

2017年11月16日 第1刷発行
2022年4月5日 第4刷発行

著 者 大岡 信

発行者 坂本政謙

発行所 株式会社 岩波書店
〒101-8002 東京都千代田区一ツ橋2-5-5

案内 03-5210-4000 営業部 03-5210-4111
文庫編集部 03-5210-4051
https://www.iwanami.co.jp/

印刷・精興社 製本・中永製本

ISBN 978-4-00-312023-1 Printed in Japan

読書子に寄す

――岩波文庫発刊に際して――

岩波茂雄

真理は万人によって求められることを自ら欲し、芸術は万人によって愛されることを自ら望む。かつては民を愚昧ならしめるために学芸が最も狭き堂宇に閉鎖されたことがあった。今や知識と美とを特権階級の独占より奪い返すことはつねに進取的なる民衆の切実なる要求である。岩波文庫はこの要求に応じそれに励まされて生まれた。それは生命ある不朽の書を少数者の書斎と研究室とより解放して街頭にくまなく立たしめ民衆に伍せしめるであろう。近時大量生産予約出版の流行を見る。その広告宣伝の狂態はしばらくおくも、後代にのこすと誇称する全集がその編集に万全の用意をなしたるか。千古の典籍の翻訳企図に敬虔の態度を欠かざりしか。さらに分売を許さず読者を繋縛して数十冊を強うるがごとき、はたしてその揚言する学芸解放のゆえんなりや。吾人は天下の名士の声に和してこれを推挙するに躊躇するものである。このときにあたって、岩波書店は自己の責務のいよいよ重大なるを思い、従来の方針の徹底を期するため、すでに十数年以前より志して来た計画を慎重審議この際断然実行することにした。吾人は範をかのレクラム文庫にとり、古今東西にわたって文芸・哲学・社会科学・自然科学等種類のいかんを問わず、いやしくも万人の必読すべき真に古典的価値ある書をきわめて簡易なる形式において逐次刊行し、あらゆる人間に須要なる生活向上の資料、生活批判の原理を提供せんと欲する。この文庫は予約出版の方法を排したるがゆえに、読者は自己の欲する時に自己の欲する書物を各個に自由に選択することができる。携帯に便にして価格の低きを最主とするがゆえに、外観を顧みざるも内容に至っては厳選最も力を尽くし、従来の岩波出版物の特色をますます発揮せしめようとする。この計画たるや世間の一時の投機的なるものと異なり、永遠の事業として吾人は微力を傾倒し、あらゆる犠牲を忍んで今後永久に継続発展せしめ、もって文庫の使命を遺憾なく果たさしめることを期する。芸術を愛し知識を求むる士の自ら進んでこの挙に参加し、希望と忠言とを寄せられることは吾人の熱望するところである。その性質上経済的には最も困難多きこの事業にあえて当たらんとする吾人の志を諒として、その達成のため世の読書子とのうるわしき共同を期待する。

昭和二年七月

岩波文庫の最新刊

バーリン著／川出良枝編
マキアヴェッリの独創性 他三篇

バーリンは、相容れない諸価値の併存を受け入れるべきという多元主義を擁護した。その思想史的起源をマキアヴェッリ、ヴィーコ、モンテスキューに求めた作品群。
〔青六八四-三〕 **定価九九〇円**

川合康三編訳
曹操・曹丕・曹植詩文選

『三国演義』で知られる魏の「三曹」は、揃ってすぐれた文人でもあった。真情あふれ出る詩文は、甲冑の内に秘められた魂を伝える。諸葛亮「出師の表」も収録。
〔赤四六-一〕 **定価一五八四円**

田中 裕編
北條民雄集

隔離された療養所で差別・偏見に抗しつつ、絶望の底から復活する生命への切望を表現した北條民雄。夭折した天才の文業を精選する。
〔緑二二七-一〕 **定価九三五円**

正岡子規著
病牀六尺

『墨汁一滴』に続いて、新聞『日本』に連載(明治三五年五月五日―九月一七日)し、病臥生活にありながら死の二日前まで綴った日記的随筆。(解説＝復本一郎)
〔緑一三-二〕 **定価六六〇円**

……今月の重版再開……

アンジェイェフスキ作／川上 洸訳
灰とダイヤモンド(上)
定価八五八円
〔赤七七八-一〕

アンジェイェフスキ作／川上 洸訳
灰とダイヤモンド(下)
定価九二四円
〔赤七七八-二〕

定価は消費税 10% 込です　2022. 2

岩波文庫の最新刊

ジョン・スノウ著／山本太郎訳

コレラの感染様式について

現代の感染症疫学の原点に位置する古典。一九世紀半ば、英国の医師ジョン・スノウがロンドンで起こったコレラ禍の原因を解明する。

〔青九五〇-一〕　定価八五八円

森 鷗外作

ウィタ・セクスアリス

六歳からの「性欲的生活」を淡々としたユーモアをもって語る。当時の浅草や吉原、また男子寮等の様子も興味深い。没後百年を機に改版、注・解題を新たに付す。

〔緑五-一三〕　定価五二八円

……今月の重版再開……

ザミャーチン作／川端香男里訳

わ　れ　ら

〔赤六四五-一〕　定価一〇六七円

高杉一郎著

極光のかげに
—シベリア俘虜記—

〔青一八三-一〕　定価一〇六七円

定価は消費税 10% 込です　　2022. 3